珊瑚女王

QUEEN OF THE CORAL

「文石律師」探案系列

牧童——著
Colin

1

「被告江長賢，涉嫌於六月二十五日下午五時三十分許，在台北市光復南路的威遠大廈十樓之一，與被害人李俊發生爭吵。被李俊掌摑後，懷恨在心，持利器往被害人背後刺入，造成被害人氣胸，不治死亡；後於逃離該大樓經過一樓管理員櫃檯時，遭管理員郭一聖攔阻，竟基於傷害之犯意毆打郭一聖，使郭一聖受有下背部挫傷、右手掌擦傷之傷害。因而涉犯殺人罪及傷害罪，由本署提起公訴。」檢察官冷冷地把起訴書中的起訴事實唸出。

「被告，對於檢察官起訴你殺人罪及傷害罪，有何意見？」承審法官抬起頭，瞪著在下面被告席的江長賢問道。

「我沒有殺人！我眞的沒有殺人！」江長賢回道，激動的聲音迴盪在地方法院刑事第一法庭裡。他是一家貿易公司的職員，個頭高大，原本應該是圓潤的臉形，經過幾個月羈押的心理壓力，頰骨都已突顯，但堅持被冤枉的意志力似乎還很堅定。

「那指控你傷害郭一聖的部分呢？」

「我不是故意的，是他冤枉我說我是殺人犯，叫我不准跑，說要報警抓我還拉住我，我情急之下，才推開他的，沒想到他會受傷……」

「你的意思是你沒有傷害的故意？」

「我跟他沒冤沒仇，幹嘛傷害他呀。」江長賢語氣急迫又無奈。

法官把目光投向辯護人席：「請辯護人陳述辯護要旨。」

文石頭低低的，目光沒有離開桌上的卷宗，僅淡淡道：「被告既辯稱其未殺人，我們爲他進行無罪辯護。傷害部分被告沒有故意，應僅屬過失傷害。」

法官道：「請檢察官就被告的犯罪事實舉證。」

檢察官：「詳如起訴書證據清單所列證據。」

檢察官起訴書所附的證據清單內，所列的證據每一項都是對被告極爲不利。

「辯護人對於檢察官所舉證據的證據能力有無意見？」

證據能力是在刑事訴訟程序中，由檢、辯、審三方先就檢察官所提出要定被告罪責的各項證據，討論哪些證據可以列爲審理時論證的證據、哪些證據依法不能列爲證據。

若檢察官所提出的證據被法官認爲有證據能力，就有可能進而被採取爲判定被告有罪之不利證據。反之，若被法官認爲欠缺證據能力，即使證據形式上看來是對被告極爲不利，也應排除不列入定罪之證據，該項證據有提出等於沒提出。

所以，證據能力的爭執，在每一場刑事訴訟裡，幾乎都會變成檢辯雙方的前哨戰。

文石思索了數秒，手中的原子筆輕敲了一下額角：「物證方面無意見，人證方面，證人的警察詢問筆錄屬於證人在審判外的陳述，沒有證據能力，在檢方偵訊時的證詞也沒有證據能力。」

蒞庭論告的是在地檢署有「定罪魔手」之譽的檢察官楊錚。

楊錚在地檢署的論告功力，據說有「連續三年無無罪」的可怕紀錄！所以偵查組的檢察官只要認爲被告是罪大惡極的案件，提起公訴後莫不祈禱能被分到公訴組楊錚的手上，這樣被告不被判罪的可能性就可以說微乎其微，自己的成績也鐵定會往上加分。

而文石，在律師界的名氣則如同楊錚的論告失敗率一樣：微乎其微。要是有人跟案件當事人推介律師，說出文石這個名字，當事人的臉上若出現極力掩飾「這是誰呀」的強作鎮定表情，我可一點也不意外。

楊錚聽到文石說證人在檢方偵訊時的證述也沒有證據能力，馬上不悅的反駁：「依照刑事訴訟法第一百五十九條之一第二項，偵訊的證詞可以作爲證據，怎麼會沒有證據能力！」

法官望向文石，文石還是低著頭：「有顯不可信的特別情況。」

楊錚臉一臭：「有何不可信的特別情況？」

「沒有經過具結，又沒有經過詰問，難以擔保證詞的眞實性。」

「荒謬！只有經過你們律師詰問過的才能認爲有眞實性？」

不過是第一次的準備程序庭，檢辯雙方就有火氣，劍拔弩張之勢已讓人神經開始緊張起來。法官見狀旋即道：「好了，有無證據能力，我們合議庭會評議。」

檢察官似乎火氣未消：「殺人者不用面對法律責任，還有天理嗎？」

被告席上的江長賢一聽，急急道：「我眞的沒有殺人呀，爲什麼不相信我呢？法官，我眞的是冤枉的！」

「坐在被告席上的有幾個不喊冤的？」檢察官反譏，「看看被害人家屬悲傷痛哭的樣子，你就不會這樣說了。」

我不自覺轉向旁聽席上的死者遺孀，她看來一臉悲悽，眉頭深鎖。

「可是人眞的不是我殺的呀！」江長賢仍然大聲喊冤。

「好了，有沒有犯案我們法院會查清楚的。」法官制止江長賢；「檢方除了提出在卷的證據外，有無其他證據要提出？」

「第一，請求傳管理員郭一聖，證明被告案發時逃離現場之情形。第二，請求傳訊被害人之妻方哲珍，及被害人之同事曾忠，證明被告曾因懷疑死者糾纏他的太太徐涵妤，多次怒氣沖沖的找死者理論。第三要傳警員力義，以證明被告於案發後倉惶逃離現場、證人接獲報案到現場看到的情形。最後要傳刑警邱品智，證明在被告家中搜出凶刀及逮捕被告的情形。」檢察官盛氣滿滿，語氣盡是自信，似乎對於所要傳的證人都有十足的把握，一定可以定死被告的罪責。

「辯護人有無證據提出或聲請調查？」

「呃，」文石說話的氣勢相對就弱了，「請求傳訊被告之妻徐涵妤。以證明警方違法搜索及被告不是凶手。」

「辯護人的意思是警員邱品智到被告家中所搜到的凶刀，不是被告的嗎？」法官的眼神看來很疑惑，明顯不認同文石要求傳訊徐涵妤的待證事實。在檢方卷證併送的情形下，法官於開庭審理前已初步檢閱過檢察官所提證據，實際上對案情已有一定的想法，而沒有法定蒐證調查權的律師，在訴訟程序上就相對處於弱勢，所要提出的證據大多僅能透過法院之手，一旦法官對於律師要求傳訊的證據與本案的關係有所質疑，局勢的強弱當然就會立現。

但是傳訊自己的妻子，也是被告江長賢一再的堅持；在看守所裡他提出這項要求時所流露出對妻子堅決信任的表情，我至今都印象深刻。

「除此之外，還要證明被告沒有殺害死者的可能。」文石回道。

法官翻了一下手邊的行事曆，「好吧，那就定兩個星期後開始進行審理，因爲要傳的證人比較多，所以本案分幾次進行審理。被告還押。退庭。」

* * *

我們步出法庭，徐涵妤在後方跟過來。剛才她也在後面的旁聽席上，應該很仔細地聽了檢辯雙方的攻防，現在看來一臉憂煩。

「文律師，沈小姐，案情是不是不樂觀？」身形高瘦、五官秀氣可人的她，素著一張臉，對於丈夫身陷殺人重罪，肩頭似有千斤愁苦重擔。

「呃，不會啦，還沒進行審理，怎麼可以悲觀？我一定會盡力幫他的啦。」文石止住腳步，邊把身上的律師袍脫下邊說。這番話在我聽來，安慰家屬的成分高居百分之一百零一。

「可是，檢察官好像很有把握……我先生他，會不會被判死刑……」她憂心的樣子讓人心疼。

「哦，如果照目前的卷證資料，那他應該是必死無疑。」

什麼！你這個文石到底會不會安慰當事人呀！

「必死……」像失去了三魂七魄般，她囁嚅著。

「江太太，妳先別擔心，」我趕忙勸慰她，「文律師會盡全力的。」

「必死……必死……」

她失神般地踽踽朝法院大門走去；我望著她的背影，在深秋傍晚的蕭瑟暮色裡顯得備感孤涼。

「喂，你講話一定要這樣超直白嗎？」他跟委託人毫不掩飾的表達方式，我向來不認同。

「早點讓當事人知道自己的未來，才不會心存虛幻。」

「你懶得修飾你的措詞就說一聲。」我不忍道：「她和丈夫的感情應該很深吧，這樣的夫妻不是應該過著幸福的日子嗎？怎會變成這樣……」

「起訴書裡說江長賢就是因爲受不了死者李俊一再輕薄騷擾她，才會情緒失控殺了李俊，這算不算因爲感情太深的結果……」

「你這樣說好像人家夫妻感情好也有罪似的，」我坐進車裡，轉動鑰匙發動引擎，「都是江長賢太衝動惹的禍。」

「如果不是他和太太的感情太好，也不會那麼衝動跑去找死者理論吧。」

「什麼歪理？江長賢應該也是很愛自己的老婆呀，這樣也有錯嗎？」幾天前與文石一起去看守所接見江長賢時，他對徐涵妤關心的摯情溢於言表，又對自己惹上的官司不勝懊惱，當時的情景猶歷歷在目。

「人證、物證、動機都在，妳說有沒有錯？」文石的目光望向天邊即將消逝的晚霞，從上衣口袋裡摸出幾粒花生；「我如果說他是冤枉的，恐怕連花生米也不會相信吧。」

「這麼說，這個案子是……沒希望？」我對這樣的結果實在不滿意。

「呃，不會啦，還沒進行審理，怎麼可以悲觀。」

「啐！轉得眞快，你把我當成被告的家屬了嗎？我是你的助理！」

「是啊，我這個助理，好像對於別人的幸福婚姻很羨慕喲。」

「幸福婚姻誰不羨慕？只是老天似乎見不得他們婚姻幸福似的。」車子在回事務所途中，遇到下班車潮，速度快不起來；我無奈地望著前方的紅燈與車龍。

「我就不會羨慕。」

「難道你羨慕那些離婚的人？太可笑了。」

「應該說我根本不太相信婚姻這種制度，能保障什麼幸福。」

「那得看步入婚姻的人有沒有誠意維持。只要眞心相愛，婚姻就會長長久久的。」

「也許一開始有誠意，久了誠意就不一定能維持，對吧？」

「只有你們男生才會還沒結婚就想到外遇、離婚的情形吧？」我斜視他，「喂，你該不會是離婚官司打多了，才這麼不信任婚姻吧？」

他把花生拋入口中，聳聳肩不置可否。

「文旦，全律師界裡只有你這種人常常會有異於常人的見解和舉動吧？」石是破音字，也可以唸旦，我和同事老愛戲謔稱他是文旦。「你說，要是沒有婚姻的保障，你們男生在外面亂搞劈腿，我們女生要怎麼辦？這社會沒了婚姻，會亂成什麼樣子？」

「那現在法律保障婚姻，就一定保證夫妻不離婚了嗎？」他口中的花生咬得咯咯響。

「是不一定，但至少比都沒保障的好吧？」我突然想起他的大學同學白琳律師跟我說過關於他的一些往事；「噢，對了，白律師曾說過你可能是不婚主義者喔，你如果這樣孤老一生，不是很悲涼嗎？以後你老了，誰幫你拍痰把尿推輪椅？」

「喂，我老了就一定會這麼悲慘嗎？幹嘛詛咒我呀？」

「你不結婚就一定會！」

「我也可以有很知心的伴侶陪我走一生呀，但不一定要有婚姻，只要相知相守就可以了。」

「沒誠意！你不想結婚，哪個女孩子願意跟你交往浪費時間。」

「所以囉，紅粉知己難尋喲。」他怪腔怪調地故作感慨。

「你這種怪咖，就算是你的紅粉知己也不想幫你拍痰把尿推輪椅！」

「……難道我的晚景……就只剩拍痰……這麼淒涼嗎……」他似乎有點擔心起來，嘴角還掛著一小片花生皮，夢囈般譫語著。

2

法庭外陽光普照，給人溫暖的希望。但是法庭內的氛圍似乎總是肅殺冷凜，特別是被告拖著步子從走廊上傳來腳鐐鐵鍊的拖地聲，更讓人不由得從毛細孔冷到骨子裡。

三位身著藍邊袖領黑長袍的法官端坐在審判席上，彷彿三張撲克牌的表情，靜待法警把江長賢帶上庭。檢察官楊錚不停地翻閱著手邊的卷宗，還不時抬眼瞄一下對面的文石，那表情看來好像在說：你的辯護有用嗎，大律師？

而文石……

雙手抱胸，兩眼緊閉，不知是在心裡忖度著等一下的詰問方向，還是已經睡著了……

我想起昨天他又是睡在事務所裡，他說是老闆交辦的案子太多，得加班趕寫不完的訴狀；也就是說，他昨天根本沒在準備這個案子，那待會要怎麼應敵呀？我不禁擔心起來。

雖然說受雇律師本來就像高級廉價勞工，工作量常常多到嚇死人，而文石也始終能在卷宗山叢與訴狀塚堆裡爬出一條生路來，但身為助理的我看在眼裡，總是為他捏一把冷汗。

我又瞥了一眼旁聽席上的徐涵妤，她嘴角微微顫動，應該是在為自己的丈夫唸些什麼經文祈福吧。我心中不禁長聲喟嘆。

江長賢被帶進法庭入座；法警解開他的手銬。

審判長進行人別訊問後，告知他涉犯的是殺人罪與傷害罪，並宣讀嫌犯的四項程序權利。

江長賢神色緊張地回答著，偶爾回頭投以搜尋的眼光；當他找到妻子的身影，表情看來就放鬆和緩不少。

第一位證人也是被害人的郭一聖，被審判長叫上證人席。是個五十多歲、神色自若，頭頂禿到只剩幾小撮毛的精壯大叔。

記得警訊筆錄裡記載他原本是職業軍人，退役後才擔任大樓管理員，且從外型和職業看來，這樣的證人多半個性耿直，證言是否眞實，很容易判斷，他的證詞若無重大瑕疵，被法庭採信的機會很高。

審判長進行人別訊問後，告知作僞證應負的法律責任；證人大聲應答知道，並朗讀結文。

審判長宣示檢察官楊錚可以開始進行主詰問。

「郭先生，你的職業是什麼？」

「我在大發管理顧問公司任職，目前被指派到台北市光復南路的威遠大樓擔任管理員。」

「六月二十五日本案發生當時，你也是在該大樓擔任管理員？」

「是的。」

「當天下午，你在一樓管理員櫃檯前，有遇到現在在庭的這位被告江長賢嗎？」

「有的。」

「當天情形是怎樣？請詳述讓我們知道。」

「那天大概是下午五點半左右，我在櫃檯前看電視，是看我最常看的政論節目鬼話挖挖挖。突然管理櫃檯上的內線對講機響了，燈號顯示是十樓之一的住戶撥叫的。我接起來，住戶李俊先生很緊張地跟我說：郭先生，我被人殺了！你趕快把那個人攔下來、趕快報警。我嚇了一跳，問說誰殺你呀，但是對講機那頭就沒回應了。這時候一個男的從電梯裡出來，慌慌張張要從我面前走過，我看他就是剛剛上樓去找李先生的人，我馬上叫住他，可是他殺氣騰騰的，好像沒聽到，我就放下話筒，跑出櫃檯拉住他，想不到他竟然很兇的把我用力推去撞櫃檯，還罵我，結果我跌倒在地，下背部和右手掌就被他推受傷了，他也跑了。」

「你拉住被告的時候，有說什麼？」

「我很生氣地說，『你這個殺人犯別跑！』」

「他有說什麼嗎？」

「他說：『你胡說什麼，殺你個頭』，就要跑。」

「然後呢？」

「我拉住他不放，他把我推倒，我就受傷了。」

「那時他的表情如何？」

「很兇，好像剛殺完人。」

「他把你推倒後呢？」

「就跑啦。然後我從地上起來，趕快打電話報警，然後拿起室內對講機的話筒，可是李先生沒有回應，我趕快上樓去看李先生，他家的大門沒有關，我叫他他沒回應，我一進去客廳就發現李先生倒在血泊之中，不會動了，嚇死我了，我就趕快打電話叫救護車。」講到這裡，郭一聖臉上浮起雞皮疙瘩，聲音微顫，好像仍然心有餘悸。

「你就一直等救護車來？」

「我摸了一下李先生，發現他口鼻沒氣了，我很害怕，趕快下樓，找出李太太的聯絡電話，通知李太太回來。然後警車就來了，我就帶警察上樓，之後救護車也趕來了。」

「照你這樣說，也就是李俊遭被告以水果刀刺殺後，在還未斷氣前還曾以對講機通知你攔住被告？」

「異議！」文石突然睜開原先閉著的眼插嘴道，我還以爲他睡死了咧。審判長微微一怔，顯然也是正聽得入神卻被打斷。

文石表明異議的理由：「證人並未親眼看到李俊被殺害及死亡的過程，檢方要證人陳述未親身經歷的事項。」

審判長思考了幾秒：「異議成立，檢察官請換個方式問。」

楊錚揚揚眉，給了個無所謂的表情：「李俊既然說他被人殺了，怎麼還會通知你攔住殺他的人呢？」

「應該是李先生斷氣前拚最後一口氣通知我的。」證人顯然聽出了檢方問題的目的，所以即使文石的異議成立，也不影響楊錚想要的答案。

「當天下午只有被告上樓去找李先生？」

「是的。」

「李俊當時通知你，語氣有很痛苦嗎？」

「他的口氣很急，還痛苦地喘氣。」

「你確定當天從十樓搭電梯下來、你要攔住的人以及把你推倒的人，就是在庭的被告？」

郭一聖回頭望了江長賢一眼，「我很肯定就是他。」

「我沒問題了。」楊錚上身往椅背靠，看來很滿意證人的證詞。

「辯護人請反詰問。」審判長把目光投向文石。

「郭先生，你剛才說李俊在被人刺殺後，還未斷氣前拚了命通知你攔住殺他的人？」

「是的。」

「你怎麼確定是李先生通知你的？」

「因爲對講機的燈號顯示是十樓之一撥下來的，那是李先生的聲音。」

「你不是說當時他的口氣很急，還痛苦地喘氣？怎麼還能從發話者的聲音判斷是不是李先生？」

「之前就聽過李先生的聲音呀，而且當天下午只有李先生一個人在家，在下午三點多的時候我就看到李太太出門去了，而他們的女兒長期在南部讀書沒住家裡，除了李先生，還會有誰？」

「你能學一下當時他在對講機裡的語氣和內容嗎？」

證人以斷斷續續的痛苦聲音學道：「郭先生，我被人殺了！你……你……，請……趕快報警，趕快把殺我的人…攔下來、攔下來。」

「嗯，所以聲音低沉而沙啞？」

「是的。他是男的，聲音本來就低沉。」

文石特別要求書記官把證人的證詞及模仿的特徵記錄下來；「你剛才又說，你叫住被告時，被告不承認殺人，還要跑？」

「是啊。」

「他是走？快走？還是跑？」

「呃，」證人想了幾秒，「應該是跑吧。」

「應該是？所以你不確定？」

「他殺了人，又被人攔住，怎麼會不想跑？」

「我不是問你他想不想跑，我是問你看到他要離開的時候是不是用跑的？」

「應該是。」證人的語氣中還是沒把握。

「還有，他把你推倒後，你也說他就跑了，是走，還是跑？」

「是跑走。」

「你不是被推倒了嗎？背部和手都受傷了，不是很痛很驚愕嗎，還會注意到他是用走的還是用跑的離開？」

「我就是注意到了嘛。」證人微微一怔，不服氣似地回答；「殺人了被人發現，會不想跑嗎？」

文石牽牽嘴角，不理會他的情緒，又問：「你說見到他從電梯出來時慌慌張張的，但是你叫他的時候，他又是殺氣騰騰的，好像沒聽到你叫他？」

「是啊。」

「那到底是慌張還是殺氣？」

「都有。」

「請問殺氣騰騰，是什麼表情？」

證人怔住，不知該如何應對，楊錚見狀立即道：「異議！抽象不明確的詰問！」

「證人此部分的證詞才抽象不明確。」文石不甘示弱。

審判長裁決：「證人應該回答。」

「他……看起來就是很生氣。」

「唔，所以是很生氣的表情。你知道他爲什麼很生氣嗎？」

「我不知道他來找李先生是爲了什麼事。」

「有看到他手上拿著刀子或其他什麼東西嗎？」

「沒有，不過他穿著夾克，刀子可能藏在夾克裡。」

「來的時候和離開的時候都沒有看到？」

「沒有。」

「請問，你怎麼判斷在案發當時只有李俊一個人在家？」

「異議！問題重覆！」楊錚插嘴道。

「辯護人，雖然問題沒有重覆，但是這問題的答案證人剛才已經有說過了。」審判長瞄了一下電腦螢幕上的筆錄記載道。

「那我換個方式問。」文石聳聳肩，面露歉意道：「被告來訪時，你如何通傳李俊？」

「他來的時候，說有事要找李先生，我打對講機上去說有一位江先生要找，李先生叫我問他是誰，我問了被告後，告訴李先生說是江長賢先生。李先生聽了就說不見，叫他回去。我正要轉告，被告可能是聽到了，就說：『他不想見我對不對？我自己跟他說。』說完就一把搶過話筒，對李先生說：『你敢做不敢當？信不信我找八卦媒體爆料？』然後不知李先生怎麼說的，江長賢就把話筒還給我，我接過來，就聽到李先生說：『好吧，讓他上來。』我只好拿卡幫他刷開電梯的電子鎖、讓他上去。」

「下來的時候，也幫他刷卡開鎖？」

「我們大樓的電梯電子鎖只有上樓有管制，下樓按數字鍵就可以了。」

「從被告上樓，到你接到李俊打的對講機，這段期間裡，你能確定沒有別人在李俊家裡？」

「我一直在一樓大廳的管理櫃檯裡，任何人進出我都會看見，若進來的不是住戶，我一定會查詢身分而且要訪客登記。所以我能確定沒有別人再來李先生家裡。」證人似乎看穿了文石詰問的目的，滔滔道；「而且，我也可以告訴你，前一天晚上李先生家除了李太太外，也沒第二個人會留在他家，因爲前一天下午李太太回家後，直到案發當天的下午三點多才出門，而李先生在前一天根本沒回家，他是當天下午兩點多才回來的。」

文石好像胸口冷不防被射入一箭般，怔了幾秒，才清了清喉嚨，回復思緒接著道：「呃……看來你還眞是個盡責的管理員，呵呵……這個，嗯，好吧，所以，你連他們從地下室搭電梯上樓都有辦法知道？」

「我當然沒辦法分身，但是，李先生在案發前兩天車子就送保養，所以他是搭計程車回家的，而李太太在六月二十五日前約一個禮拜起就是由她的朋友吳小姐開車搭載，沒有自己開車，所以她也不是從地下室停車場的電梯進出，而是從一樓大門進出。」

「連這個你都注意到了？」文石的胸口像是又被射入第二箭般，睜大了眼睛。

證人面露得意之色：「李太太有介紹她的朋友，那個吳小姐很漂亮，很有禮貌地跟我打過招呼，她是開一輛粉紅色的『雅綠絲』，所以我很有印象。那一個禮拜，李太太每天都是從那輛『雅綠絲』下車，走大門進來上樓。」

「呃，那，我沒有問題了。」文石臉上出現不小心踢到有銳角的石頭般的痛苦表情。

審判長請檢察官覆主詰問。

楊錚問：「知道被告要找八卦媒體爆什麼料？」

「這我就不知道了。」

「被告之前曾到死者家找過死者？」

「印象中沒有，這是第一次。」

「從剛剛你回答律師的問題，是不是可以肯定，案發當時，在死者家中只有被告與死者兩人在場？」

「是的，我肯定。」

「我問完了。」楊錚第二次露出滿意的表情。

審判長向文石：「辯護人請覆反詰問。」

「沒有其他問題。」文石的左手一攤，右手的筆狠狠戳了一下自己的額頭。

＊ ＊ ＊

「力警員，請你告訴我們，你到現場時看到的情形？」警員力義唸完證人結文，楊錚馬上問道。

「好的。」力義身著直挺挺的白襯衫，端坐在證人席上；他是案發後接到無線電通報第一個趕到現場的警員；「我趕到時是五點四十分，在威遠大樓的一樓門口看到管理員郭一聖，他說住戶李先生出事了，我們就搭電梯上樓，到了十樓之一，門沒有關，我進去就發現死者倒臥在客廳的地板上，身旁還有一灘血，我檢查了一下，發現他斷氣了，所以就呼叫警網並請求派救護車來。」

「後來呢？」

「我們由管理員提供的線索得知凶嫌可能是江長賢，所以立刻通知警網展開追捕，並且保持現場完整，以待蒐證。而且我到管理室調出當天下午的監視器錄影檔，以比對進出的可疑人士。」

「有什麼發現嗎？」

「有錄到被告逃亡的情形，他是從電梯下來，在一樓大廳與管理員發生拉扯，還把管理員推倒後逃離的。」

「嗯，還有錄到別人在事前或事後離開的畫面嗎？」

「監視器錄影檔有兩個，一個是電梯內的情形，一個是一樓大廳內的情形，案發後到我們趕到前，除了看到被告以外，沒有其他住戶進出。案發前在三點半左右，有錄到死者的太太下樓出門的情形。」

「你說『我們』，是指還有誰？」

「我是與另一位同事金翰一起趕到的，他到場後留守在一樓大廳，只有我與管理員上樓去察看現場。」力義的應答自如，看來證詞被採信的可能性很高。

「所以金翰沒有看到命案現場？」

「是的。」

「我沒問題了。」楊錚的表情看來很輕鬆。

換辯護人進行反詰問。文石用手上的筆搔了搔後腦，抬起目光看著證人問：「請問，你的同事金翰為什麼留守在一樓？」

「剛到時還不知道情況，所以由他留在一樓，以防止嫌犯逃離現場。」

「郭一聖沒有告訴你們被告已離開了？」

「那時還沒有，不過就算他先告訴我們了，我們還是會留守一人，因為不知道嫌犯有幾人。」

「後來有發現其他可疑的人？」

「後來是因為救護車警笛聲太大，驚動了一些住戶，才陸續有人下樓來看熱鬧，但都沒有發現可疑的人。」力義的語氣中沒有半點猶豫。

「會不會有其他凶手混入看熱鬧的住戶人群中？」

「不可能，因爲一樓大廳的監視錄影檔調出來後，有請郭一聖指認，他有一一指認，都是大樓住戶。」

「樓梯的部分呢？」

「樓梯的出口在櫃檯旁邊，沒有錄到任何人從那裡下來。」

文石是想證明凶手另有其人嗎？我看過案卷，就算他能證明尙有其他可疑的人出入，也沒辦法推翻凶刀在被告家搜出的鐵證吧？我忽然覺得這場官司可能沒有原先想像中的精彩，也許文石的努力只是在盡一個辯護人的職責而已，能改變現在惡劣形勢的機會恐怕渺茫。我想到這，不禁無聊起來，掩住嘴偷打了個呵欠。

但文石似乎並不死心：「你們後來有逐層搜索嗎？」

「幾分鐘後刑事組的人也來了，因爲沒有發現凶刀，所以我和刑事組的邱品智偵查員一起，爲了搜索證物，有從十樓樓梯間走下一樓，直到一樓與金翰會合了，都沒有發現任何可疑的人進出，也沒有發現凶刀棄置在樓梯間。」

「那十樓以上呢？」

「十樓以上到十二樓就是邱刑警自己先上去搜了，下來以後說沒有發現，才和我一起往十樓以下搜索的。」

「也就是說，你們整個搜查過程，沒有發現有其他共犯參與、也沒有發現凶刀被棄置在現場的情形？」

「是的，我參與調查的部分是如此。」

文石的詰問停頓住，讓整個法庭的空氣中只剩下書記官的指頭與電腦鍵盤發出的敲擊聲而已。

「辯護人還有問題嗎？」審判長見狀問道。

旁邊的受命法官忍不住掩嘴打了個深深的呵欠。我也忍不住再打了個呵欠。

文石在想著什麼，沒有回應。審判長忍不住，又道：「文律師……？」

「唔，我沒有問題了。」文石好像想到了什麼，卻沒有再繼續問下去。

「那麼，檢察官？」

「我沒有覆主詰問。」楊錚應該是覺得文石的反詰問沒有什麼威脅性。連我都覺得文石的詰問反而加強了江長賢一人犯案的確定性。

庭上的三位法官都出現鬆了一口氣的表情，審判長詢問被告有無問題要問證人，江長賢望著文石，文石輕輕地搖搖頭，江長賢只得低聲答道：「沒有。」

「好，今天的庭就進行至此，下次的庭期是……」

＊　＊　＊

「文律師，這樣看來，我先生應該會沒事吧？」步出法庭，徐涵好跟上問，語氣裡滿心期待。

「唔?誰說的?還是難逃一死——」

可惡的文旦，你又想口無遮攔嗎?我狠狠地瞪他。

他應該是感受到我目光中一抹寒冷劍氣入骨，不自覺打了個冷顫，馬上轉口：「……但是我會再努力救他的。」

「你不是找出許多疑點嗎?像是可能是別人做的，再嫁禍給我先生，還有那個管理員也沒親眼見到是我先生殺的不是嗎？」

「唔，我也是朝這方面去努力啦。」文石還是沒有直接回答。

「案情會愈來愈樂觀，對吧？」她小心翼翼問道。

「會的啦，我們要有信心。」文石脫下律師袍，粗魯地塞進公文包裡，語氣裡盡是心不在焉，任何人聽了都知道他沒信心。

「那就好，很感謝您，那我先離開了。案情若是有什麼變化，請跟我聯絡。」她連彎了兩次腰向文石道謝，看來滿懷希望地往法院的另一頭走去。

我等她走遠了，狠狠地往文石手臂上給了他一拳頭：「你這個臭掉的文旦!你就不能給委託人一點希望嗎？」

「嘶——!好痛!」他趕緊揉著被我打的部位，「可是，希望愈大、失望愈大，不是嗎？」

徐涵好那張素淨的臉、滿是期待的神情馬上浮現在眼前；「這……我當然也不忍心呀，可是——」

「可是我也不是沒有收穫，不是嗎？」

「能推翻檢察官提出的證據嗎？」我也喪氣地說，「那你得先改名叫愚公吧。你這個文愚公能移去楊錚的鐵證大山嗎？」

「能不能移去我是不知道，我只知道現在的我，很想去紫羅蘭喝一杯。」

3

位於法院旁邊巷子內的紫羅蘭，店如其名，從室內的吊飾燈到客人手上握著的馬克杯，都是由各種紫羅蘭的照片、圖案與造型來點綴。

我們依然是在角落的窗邊落座。因爲是下午三點多，店內的客人不多，女老闆紫娟身著紫色圍裙，親自走出櫃檯招呼我們。她笑盈盈地說：「文律師，沈小姐，喝點什麼？咦，文律師看來心情不太好啊？」

「沒啦，遇到一個難打的官司而已。」我回應道。文石看來心事重重，手裡還搓著花生皮在想著什麼。

「還是冰摩卡和檸檬汁？」我們事務所的員工都是這裡的熟客，紫娟對於每個人的喜好都已瞭若指掌。

「嗯。」我用眼神瞄了一下文石；「不過他的心情——」

「我知道，需要酸一點。」紫娟留下帳單，翩然返回櫃檯內。

「人是不是江長賢殺的呢？」

「嗯？」他回過神，望了我一眼；「檢察官認爲是他殺的，證據顯示也是他殺的。」

「所以囉，你傷什麼腦筋呢？還是準備一下明天開庭的案子比較重要吧。明天是百勝建設公司的損害賠償事件，訴訟的金額高達兩億多哩，不認眞準備可不行呀，林律師很重視這個案子的。」林律師是我們事務所的老闆。

「可是，妳不覺得這個案子的疑點也很多嗎？」

「是，你在詰問過程中確實發現很多疑點。李俊被人在背後刺了一刀，還能夠掙扎到門口撥對講機求救嗎？江長賢若眞的行凶，還敢大搖大擺搭電梯下樓？管理員郭一聖的話可不可信，有沒有加油加醋？李俊很有錢，家財萬貫的，有沒有可能是他的老婆方哲珍謀奪財產或保險金，再嫁禍給江長賢？我都聽出來了。」

「原來我們的沈大美女沒有打瞌睡。」

「差一點！所以我下次不會去旁聽了。」我白他一眼；「你的疑點可能還不止這些，但是，沒有證據佐證，而且光憑疑點也不可能推翻檢察官所舉的證據。」

「特別是監視錄影器沒有錄到其他可疑的人出現，還有凶刀爲什麼會在江長賢的家中被發現這兩點，可以說是鐵證如山吧。」

「知道就好。」

紫娟送上了我最愛的焦糖冰摩卡和文石慣喝的檸檬汁。

「咦，你該不會眞的認爲江長賢是被冤枉的吧？」

「不知道耶，去看守所會面時，看他的表情，不像是裝的。但是——」

「但是人在面臨死刑重罪時，有罪也要喊冤也很正常吧？」

「何況——」

「何況鐵證如山，是吧？」

「所以——」

「所以我勸你還是把心力放在其他案子上吧。」我從包包裡拿出行事曆：「別忘了這個禮拜你還有五、六個案件要出庭。」

「五、六個？哪來這麼多！」他怪叫起來，表情像不小心踩到狗屎。

「你以爲只有百勝建設那一案嗎？告訴你，還有柳枝枝告她先生的離婚事件、曾萬雄與宗欣銀行拆屋還地的案子、大方船務公司和曉曉貿易公司的損害賠償案、薛啓元被訴詐欺案、藝人胡菁控告藝人小強妨害名譽案。喂，你不會都忘了吧？開庭要用的狀子你都寫了吧？」我也不知道這一陣子事務所的案件量爲何多到爆。

「狐狸精告蟑螂？怎麼有這種亂七八糟的案子？」

「狐狸精一口把蟑螂吃了不就好了，你應該是想這樣說的吧？看你心虛的樣子就知道還沒準備對吧？還想東拉西扯！」

「那這樣也只有五件吧！」

「還有一件原本是林律師承辦的，本來他要自己出庭，但是他要和方律師一起去參加股神大賽，所以麻煩你代理出庭。」其實我也很同情文石，但，誰叫他是受僱律師，畢竟得聽老闆的差遣。

「股神大賽？」他睜大了眼，「老闆還沉迷於股票？」

「他在股票上賺的比你打十年官司的律師費還多，換成你能不沉迷？」

「如果我也家財萬貫，當然也來玩股票就好了呀。」他狠狠地吸了一口果汁，整個臉突然像麻花扭曲變形；「哇！好酸哪！」

* * *

回到辦公室，桌上堆滿了待處理的文件；我落座後馬上打開電腦。

鄰座同是助理的小蓉從隔間板上探出頭來：「情形怎樣？」

「呃，我看是不樂觀。」

「眞的嗎？那徐涵妤豈不是太可憐了嗎？」

我嘆了口氣，腦海裡浮現徐涵妤那張素淨、憂愁的臉龐，心裡滿是憐憫與無奈。

事務所的忙碌超乎我原本的想像，接下來的一個小時內，我竟然處理了五件要發的函文、接了七通當事人打來的電話、還幫文石和白律師交代的四份訴狀繕打製作完成。

來這裡工作，原本是要實習，以便準備參加司法官及律師的考試，但是似乎老是身陷在茫茫無盡的行政事務中；唯一讓自己還覺得是法律人、有正義的熱血，就是跟著文石律師或白琳律師出庭去旁聽、學習，很期許自己有天也能上庭一展所學、伸張正義。

每次想到法庭上揭發眞相的精彩過程，或是檢辯雙方的言詞交鋒，總是讓我熱血沸騰，所以即使身陷繁瑣的行政事務，也能以極快的速度完成，好讓自己能多些時間投入每個奇怪懸疑的案件中，跟著案情的發展一起追根究底，那種推理的樂趣，才是我愛追求的。

「完成了！耶！」我把訴狀打完，再按下列印鍵，不禁低呼了一聲。小蓉聞聲又從隔間板上探出頭來：「鈴芝，妳工作效率眞的厲害，難怪老闆常常稱讚妳。」

「工作效率哪有我的美貌值得稱讚？」我撥撥髮鬢，扮了個鬼臉，惹得小蓉嘻嘻地笑出來。她也知道我最有自信的還是自己的外表。

我把書狀插入卷宗，抱起一大疊的文件資料，推門走進文石的辦公室。

我有一個「很好」的習慣，就是進入文石的辦公室時都不先敲門，就直接偷偷進去。

文石的思路是我見過最敏捷有條理的，但是他的辦公室，案卷文件總是堆得像亂葬崗一樣。

他的書櫃不像其他的律師一樣，都是放滿法律典籍或判決先例，反而都是一些與辦案好像無關的書籍資料，像心理學、命理卜卦、武術入門、應用化學大全、生物學、園藝植栽、食譜等等，甚至有教女性化妝術的書。我經常以爲他平常都在看閒書，根本沒在認眞辦案。

我把懷裡的文件放在牆角的桌上。掃瞄了一下，沒看到他。

叮咚一聲，他桌上的電腦似乎有異聲傳出。

正要轉身離去的我，望了液晶螢幕一眼。

螢幕上是停留在保護程式的圖片畫面，但右下角出現一個電子郵件訊息。

好奇心使然，我左右看看，確定文石不在；我心想，也許他去洗手間了。身爲助理的我，應該要隨時爲他注意公務的吧。

我當然知道那郵件百分之九十九是他私人的信件，但是只要有百分之一是公務郵件的可能，我就有義務爲他處理一下的吧……。

不管你們會不會笑我八卦，反正當下我就是忍不住抓起滑鼠。電腦因爲我抓滑鼠移動的關係，自動由保護程式的圖片轉爲原先使用中的畫面。

不斷有文字、表情符號跳上畫面………咦，這是一個聊天室？

文石上網泡在聊天室裡跟人聊天？

這傢伙，不是案件一堆都辦不完了嗎？還有閒暇上網聊天？那我窮緊張個什麼勁呀？一股無名火突然燒上心頭。

但是一段文字吸引了我的目光；我仔細快速地看了一遍。

是一個暱稱小優的人在傳送一些檔案，內容大抵是關於在墾丁外海海底珊瑚的報導；所附的圖片，都是令人目眩神迷的美麗海底世界。

翻點另一頁，是小優與石頭哥的對話。

文石的暱稱是石頭哥？我極力忍住笑意。

看來這位小優對於石頭哥還頗有好感的，其中還有一起去墾丁海底浮潛看珊瑚景色的邀請。

文石則大部分是在詢問對方一些關於海洋生物的知識。

小蓉拿了一疊法院的開庭通知書進來；我趕緊拉她一起看。

「嘿嘿，看來文旦犯桃花了，這個小優不知是不是眞的那麼優哩！」我們窸窸窣窣竊笑著；「這樣算網交嗎？會不會是恐龍妹呀？」

「恐龍是已經絕跡了，但是這房間裡的老鼠就有兩隻。」文石的頭突然從桌子下冒出來，出現在桌沿邊上，嚇了我們一大跳。

「原來你在呀？幹嘛不早出聲！」看他兩眼惺忪的樣子，應該又是躲在辦公桌下睡覺吧。

他伸伸懶腰，揉著愛睏的紅眼；「聽到有人在叫文旦才醒的嘛。」

「咦，人家小優在邀石頭哥看海景了，石頭哥還睡得著！交往多久了？老實說！」

「什麼交往，不過是交換一下生活經驗而已，這樣才能擴展生活圈嘛，也能多了解社會百態，再說，交朋友怎麼能有什麼特定目的，對不對？」

「少囉嗦，鬼才相信。到底去不去？」

「才不去咧。」他的頭又倒下，抱著靠枕呼呼大睡。

文石是個怪人，其實他的外型也算斯文有型，可是身上穿的衣服總是老舊，連律師袍的袖子都常懸著脫線頭，建議他換件新的，他總會回應說這是展現念舊個性的一面；他老愛吃花生喝汽水，說是可以紓解壓力，天知道這是什麼怪癖。

聽白琳律師說他曾經有一段刻骨但傷心的戀情，以致於終日埋首於卷宗堆，不願再碰新的戀情。現在見他在網路上可能有新的對象，我和小蓉怎麼說也要大力敲邊鼓。

「密切注意後續的發展吧！」我和小蓉一起這麼決定。

4

「方小姐，妳是死者李俊的配偶？」檢察官聲請傳訊方哲珍上庭，用意要證明被告行凶的動機。

「是的。」方哲珍年紀三十五歲，嗓音低沉有磁性，身高約一七五公分，自己就有模特兒的骨架與長腿，身著名牌套裝，及肩的短髮、高挺的鼻樑、腮骨削斜，五官細長，給人一種時尚女強人的印象。

「妳和妳先生的感情如何？」

「一向很好。」李俊是飛珣服飾公司亞洲分公司的總經理，聽說光是在台灣，旗下就有設計師五十幾名。

「被告沒有去找妳說他太太和妳先生的事？」

「有，他說我先生常常找他太太的麻煩，但是我先生並不承認，他說那只是同事間的關心而已。」

「妳有質問過妳先生？」

「因爲公司裡有跟我熟識的朋友，偷偷告訴我說我先生很喜歡公司裡的設計師徐涵好，常常藉故約她出去，所以我有質問過他。」

「是所謂的婚外情嗎？」

「他和徐涵妤都不承認。」

「妳連徐涵妤都質問過？」

「是的，但是她說是我先生騷擾她，她並不是第三者。」

「曾經試著抓過姦？」

「沒有。」

「不認爲他們有發生性關係？」

「不是，我是有安排公司內的人幫助我盯住她，結果沒發現這方面有什麼可疑的。」

「妳在公司裡是擔任什麼職務？」

「我是股東，也是總設計師。」

「有見過被告江長賢？」

「見過兩次。一次是一個月前，他跑來公司說要找我先生，說是要教訓他，因爲吵得很大聲，所以很多同事都知道。」

「爲什麼被告要教訓他？」

「他說我先生老是趁機騷擾他太太徐涵妤，要來警告我先生。後來兩人大吵一架，被告還口出惡言說若我先生再騷擾他太太，一定會給他好看。」

「有說要如何對他不利嗎？」

「就說要給他好看，還說一定要讓我先生死得很難看。」

「我沒有這麼說！」江長賢突然大聲插嘴喊道。

「現在在詰問證人，請被告安靜！等一下會給你機會表示意見。」審判長厲聲制止江長賢。

檢察官瞪了江長賢一眼，繼續問：「後來呢？」

「後來勞動了大樓警衛才把江長賢趕出辦公室。」

「還曾在哪見過他？」

「大約案發前的一個禮拜左右，他跑來我家大樓門口，是在我要上車前突然從路旁出現拉住我，說有事要跟我說。」

「妳是搭朋友吳小姐開的車，沒有自己開車？」這是管理員郭一聖先前的證述。

「是的，我的車被撞壞了，所以那段時間搭別人的便車出入。」

「那被告跟妳說了什麼？」

「他叫我管好自己的老公，不要再放任我先生擾騷擾別人的太太，如果我沒能力，他會代替我教訓不知羞恥的畜牲。」

「也就是說，會對妳先生不利的意思？」

「當時他說話的語氣態度，確實給我這樣的感覺。」

「我沒有這樣說呀！」江長賢又激動地大聲插嘴。

「那你當時對她說了什麼？」審判長見江長賢這麼容易衝動，恐怕很難相信他吧！

「我只有問她爲什麼她先生總是愛騷擾我太太，而且我是很平靜地想要找她解決兩方的問題，畢竟她先生這麼花心，她也是受害人吧，我是想要她約束李俊，並沒有要殺他的意思。」

審判長的表情看來不是很相信，但還是請書記官記下被告所述。

檢察官楊錚大概認爲舉證的目的，已經由江長賢剛才的舉動表現得到佐證，所以表示主詰問完畢。

輪到文石進行反詰問。

「方小姐，妳是怎麼看待妳先生騷擾徐小姐這件事？」

「我相信我先生。」

「妳相信妳先生？」文石抬起目光，「意思是徐涵妤說她被妳先生騷擾，妳並不相信？」

「對。」方哲珍的語氣很肯定。

「那妳認爲被告爲何去找妳？」

「我剛才說過了。」

「不要迴避我的問題，我問的不是他去找妳時說了什麼，而是問如果妳認爲徐小姐所言不實，爲何被告會如妳所說氣沖沖地跑去公司找死者理論？」

「異議！」楊錚的異議像枝冷箭，打斷了文石的詰問；「要求證人陳述個人意見及臆測之詞。」

「異議成立。」審判長頓了一下，接著說：「也許辯護人可以換個方式再問。」

看來審判長對於這個問題也很有興趣，只是程序上檢方的異議有理由，必須准許成立。

「妳剛剛說，妳有安排公司內的人盯住徐小姐，結果沒發現有什麼通姦的可疑情況。可是卻沒有安排人盯住妳先生？爲什麼？」文石向審判長頷首，換了方式問。

「因爲我相信我先生。」

「妳相信妳先生什麼？爲何他絕無可能出軌？被人指責對女性騷擾的人不是比較可疑嗎？爲什麼反而是被騷擾的人會被懷疑？」

文石轉了個彎，又把問題殺進核心。

「因爲她對被告說謊。」方哲珍冷冷地道。

「說謊？」文石提高了聲調，「請具體說明妳的根據。」

「我先生是亞洲區公司總經理，年薪千萬，人也長得帥氣體面，公司裡很多女同事不顧他已婚的身分暗戀他，甚至也經常發生向他表白的情形，但是他都不爲所動，而且都會馬上向我報備，所以我信任他。」方哲珍瞪著文石，視線彷彿一把利刃想要刺穿文石的心臟；「也就是說，我認爲是徐涵好對我先生有意思，被她先生察覺有異，只好推稱是我先生騷擾她，其實……」

其實什麼？其實是徐涵妤勾引她先生不成，反咬一口？我看著方哲珍的表情，她話雖未說完，但應該就是這個意思。

我偷偷觀察坐在旁聽席角落的徐涵妤，她似乎面無表情。

方哲珍的話引起法庭上三位法官異樣的表情，旁聽席上也傳來一小陣竊語聲。

文石輕輕地清了一下喉嚨，另起爐灶；「案發當時，妳人在哪裡？」

「我人在——」

「異議！」方哲珍正要作答，楊錚卻即時提出異議：「問題超出主詰問範圍。」

「異議成立，辯護人請換問題。」審判長裁示，把文石的爐灶一腳踢翻，楊錚面露些許得意之色。

「是。」文石看了楊錚一眼，語氣不爲所動；「妳剛剛回答檢方的問題說，大約一個禮拜前，被告跑去妳家大樓門口，當時妳正要上車，而且開車的人是妳一位吳姓朋友？」

「是。」

「案發當天，妳也是坐吳姓朋友的車出去？」

「是。」

「怎麼知道家裡發生命案的？」

「六點多才接到管理員的電話，我就趕回家了。」

「據管理員郭一聖作證說，當天妳是三點多就出門了？」

「是。」

「既然知道被告會對妳先生不利，何以放心讓他一個人在家？當時不怕被告眞的來加害於妳先生？」

「異議！」楊錚又提出異議；「問題還是超出主詰問範圍。我的主詰問沒有問證人當天離家的事實，而且證人爲何外出也與本案無關。」

審判長正要裁示，文石搶先反擊：「證人剛剛不是回答檢方說被告曾兩度有欲加害被害人的行爲嗎？她是怎麼說的？她說『被告說要給他好看，還說一定要讓我先生死得很難看』，還說被告說『會代替我教訓不知羞恥的畜牲』，如果證人所述眞實，又很相信丈夫的爲人，應該是很深愛著丈夫才是，怎麼會不顧丈夫的安危？這樣勾稽證人證詞的眞實性，怎麼會超出主詰問的範圍？」

哇，文石的火力終於發揮，而且很猛，我慶幸自己今天改變了上次不想繼續來旁聽的念頭。

楊錚語塞；審判長看了一眼楊錚，裁示：「異議駁回。證人請回答。」

「因爲當天下午，公司在聖心西亞飯店有辦一個明年春裝上市前的設計發表會，我身爲總設計師必須出席，是預訂的行程，而且我跟我先生討論過了，我先生認爲被告只是放話恐嚇而已，說實在的，我和我先生並沒有把被告的話放在心上，因爲我們當時根本看不起這個小貿易公司的職員。」方哲珍突然激動起來，咬著牙大聲指著江長賢：「誰知道他這麼混蛋，向誰借了膽子竟然眞的殺人！」

* * *

原本還要傳訊被害人李俊的公司同事曾忠，但是適逢曾忠人在國外，未能及時趕來作證，透過家人已先向法庭請假。審判長問檢方的意見，楊錚顯然是認爲方哲珍的證詞足以坐實江長賢殺人的動機，尤其是剛才方哲珍最後的反應，有大大加分之效，所以很乾脆地撤回傳訊曾忠的聲請。

步出法庭，文石面色凝重。徐涵妤跟上來：「文律師，情況很不利吧？」

「也不會啦。」

「你是安慰我的吧。」

「也不是啦，今天眞的也有一些新的收穫呀！」

「是嗎？什麼收穫？」

「目前我還無法確定。」

這是什麼話？這麼不確定還算有收穫？拜託呀文旦，你又要秀斗了嗎……

「那，能改變我先生被判死刑的可能嗎……？」

「呃，好像……也許……不過……」他瞄了我一眼，支支吾吾。

我趕緊插話：「徐小姐，文律師會盡力的。」

徐涵好輕喟一聲，「你們說的盡力，就是已經沒希望的時候才會說的吧。」

天呀！難道她已看穿我們應對當事人的習慣，還是她對拯救丈夫的清白已經徹底絕望？這種場面，文旦，你自己應付吧。

「還有一些事實我會努力查清楚的，請相信我。」

不知文石是不是很努力在抑制自己的尷尬，才能說得這麼誠懇。

「沒關係，盡力就好。」徐涵好微微傾身離去：「謝謝你了。」

我望著她的身影，不安地說：「看來她好像哀莫大於心死耶。」

「我的心好像才剛剛睡醒。」文石一邊自言自語，一邊把身上的袍子脫下。袍子袖口的脫線隨著走廊上吹來的風飄擺，愈飄愈高。

5

「哇，鈴芝，妳這樣眞是太美了！」白琳律師在TM服飾專櫃前等我，見到我出現，低聲輕呼道。

我穿上最心愛的檸檬綠髮飾、連身洋裝及白色高跟鞋，這套服飾有合宜的剪裁可以把主人的身材完美呈現、有高雅的小圓點圖案可以把主人的氣質襯托出來，當時買的時候可是令我的荷包失血不少，如今得到讚美，心情馬上好了起來。

「妳才美得咧。」白琳也讓我眼睛一亮：披肩的長髮，著深藍色的套裝，搭配精緻的銀飾耳環與胸針，使得原本就美豔脫俗的她此時看來更有時尚美感。

白琳是文石的大學同學，是她先進事務所的；隔年事務所業務量遽增，需徵新手，她向老闆推薦文石。原本文石頹廢的模樣讓老闆有些遲疑，但是白琳力保文石的認眞與能力，文石才能順利進來受雇。我與同爲助理的小蓉原本還八卦的以爲她和文石是一對，但後來發現：文石給我們的感覺，眞是只有「古怪」二字可以形容，我們重新討論的結果，白琳這樣才貌兼俱的美女，應該是不會喜歡像文旦又像石頭的怪物才對。

我和白琳互相讚美了一番，雖然受文石所託來逛百貨公司是另有目的，但心情可是好極了。我們一起進入專櫃，馬上就吸引店員上前接待。

TM服飾是飛珣服飾公司在百貨公司設的專櫃，專賣該公司旗下設計師設計的衣飾產品，近年來廣受女性消費者喜愛，知名度與業績年年都扶搖直上。

我們在店裡東挑西揀，和店員們交換秋冬最新款式的意見，熱絡地交談，其間還穿插體會她們工作很辛苦的意見，以縮短她們以作生意的態度招呼我們的距離，不一會兒，大家好像都熟絡起來。

一位瘦瘦的女店員從衣架上抽起一件棗紅色格子上衣大力向我推銷，我假意接過來在身上比比看：「好看是好看，但是要配什麼好呢。」

女店員馬上從旁邊遞上一件同款同色的微澎式長裙：「小姐，這件在妳身上一定好看，眞的很適合妳。」

我接過，看穿衣鏡中的自己。這長裙配上衣，正好是一款可以出席宴會的禮服。「但是這款式似乎不流行了吧？」

「什麼，這是飛珣今年冬天最新款耶。」

「是嗎？哪位設計師的作品？」我翻開吊在衣領的標籤，設計師還爲它取了個「女孩心情」的名字。

店員說了一個我沒聽過的名字：羅宇萍。我立即道：「不是坊珍的呀？我以爲是出自坊珍之手！」

坊珍是方哲珍推出設計作品時用的名字，像演藝人員一樣，服裝設計師也流行爲自己取個好聽又響亮的名字，以伴隨作品行銷。

女店員有些疑惑，白琳在旁接腔：「喔，我這位好姊妹像我一樣，也是坊珍迷，妳們公司的衣服，她偏愛坊珍設計的。」

女店員馬上轉爲笑臉：「原來都是老主顧，坊珍是我們公司的總設計師，她的衣服總是賣到缺貨。請這邊來，來看這櫃。」

她引我到旁邊另一櫃，比剛才更賣力地讚美和推銷。說實在的，這櫃的服裝式樣、顏色和圖案都顯得陰鬱、神祕，也許就是時下流行的冷酷與中性，比較起來，我還是喜歡剛才那套棗紅色的裙裝。

「坊珍的設計眞是不錯，難怪那麼多人喜愛。」白琳也湊過來幫腔。

我把衣服放在胸前，望著穿衣鏡擺姿勢：「是啊，她很有才氣，可惜遇人不淑。」

「眞的嗎？妳是說她老公被人殺的那件事？」白琳接道。

「是呀，妳不知道嗎？聽說她老公老愛招惹公司裡的女性，花心得很，結果跟人起衝突，被人給做了。」

「唉喲，怎麼這樣，那坊珍豈不是太可憐了嗎？」

「是啊，可是她不這麼認爲，她認爲是公司裡太多花痴自己要貼上來的。」我又換拿另外一件絲質長衫，這件領口標籤上印著的價格竟然是我三個月的薪水！我馬上努力控制眼瞼，不讓自己的眼珠掉出眼眶。

白琳配合我微笑著，「眞的嗎？飛珣公司不是很多女設計師……這樣說來她老公豈不是很有魅力？」

「如果是這樣，我倒很想一睹帥哥的風采咧。」我話一出，隨即覺得噁心。可惡的文石，交代這樣的任務給我，害我得假裝得像花痴一樣，這根本不是我的個性嘛！

店裡的三個女店員聽到我和白琳在談論自己公司裡的八卦，應該都會不由自主拉長耳朵吧。

「妳見過妳們李總嗎？」我轉問身邊招呼我的女店員。

女店員尷尬一笑，不敢搭腔，但是另一位較胖的女店員卻靠過來：「我們總經理確實很帥。」

「哦，眞的嗎？」我用誇張的語調，「帥哥總經理配上才華洋溢的首席設計師老婆，應該是很幸福才對吧。」

「如果是這樣，怎麼會出事？」白琳又幫腔道。

女店員的表情欲言又止，我見狀再道：「難道眞的帥到讓女性神魂顚倒？哇，如果我也能交到這樣的男朋友的話，大概也沒有什麼遺憾了吧。」

「帥歸帥，人不一定好，還是找老實一點的比較好。」

女店員終於有人忍不住了：「我們總經理眞的太花心了。」

「啊！」我和白琳很有默契地發出驚呼，「難道他眞的有騷擾女性員工的習慣？」

「可不是，自以爲是大情聖，就四處拈花惹草。」女店員翻白眼小聲說道。

「可是，應該會有女生吃這一套吧，畢竟是手握大權的總經理，又是大帥哥，如果風流一點，應該也是可以被接受的吧……」

「屁咧，他的拈花惹草充其量只能算是性騷擾吧，令人噁心。」

「對呀，盡說些讓人討厭的話，還毛手毛腳的。」原本站在收銀台內的另一位女店員不知何時已經站在我們身後，竟也加入話題。

「如果眞的是有權又有型的中年男性，即使是逢場作戲，也應該是得心應手的吧，幹嘛那麼下流，眞奇怪。」我繼續煽風道。

「啊呀，妳不知道啦，男人嘛，各式各樣的都有啦。」

「這樣的話，身爲他妻子的坊珍，豈不是太可憐了。」

「就是說呀，而且兩個人還在同一家公司，一定會被人指指點點的，換成是我才受不了咧。」

如果這些八卦的傳聞是眞的，那麼，方哲珍應該是很恨李俊才對吧，可是……。

「唉喲，那我一定馬上要離婚！」我故意氣憤地說。

「可是聽說是太太堅持不想離的。」收銀台跑來的那位女店員壓低了聲音道，她這樣的舉動讓我們幾個女人聊八卦的興緻更高了。

「難道是為財？為名份？還是鬥氣賭面子？」

「不會吧，她自己在公司也是很有地位的，說是為錢，應該不像。」

「眞的嗎？難道是太愛先生了嗎？」

「搞不好那男人眞的有所長，讓她難以割捨吧。」

聽我低聲這樣說，大家一怔，然後一起咯咯地大笑出聲。

「我可沒有任何暗示喔。」看著我一本正經的樣子，她們笑得更大聲。

「不知道耶，其實我們總夫人是個很神祕的人呢。」

「對呀，平常連一些發表會上都不曾看到她出席，要看到她更不容易，但是在時尚雜誌上倒常見到她的照片。」

「咦，妳們還要參加公司的服裝發表會呀？」

「不是啦，是公司的早會，幹部都會放新裝發表會的現場錄影片給我們看，這樣我們才能為客人介紹公司新的款式。」

「但是她不是總設計師嗎？自己有作品推出時不出席發表會，不是像藝人出唱片辦簽唱會卻不到場一樣奇怪嗎？」

「是呀，公司幾十個設計師，只有她有此特權，我進公司已經十年了，從來沒見過她出席，也許這樣才能保有神祕感，讓客人喜歡她的作品吧。」身形微胖的那位女店員也故作神祕狀道。

聽妳在胡說什麼，這樣也能扯上關係？我心裡暗忖，但仍保持極感興趣的表情。

「喂，不對啦，上次她有出席呀，就是端午節前後的那場呀。」

「哦，對啊，好像是。」

「那，就是她唯一到場的一次了。」

三個女店員彷彿在參加考試似地努力回想著，樣子眞是滑稽，我好想放聲大笑呀，覺得再忍下去我可能會得內傷。

「是六月二十五日那天嗎？」端午節？我突然想到什麼，趕緊問。

「呃，對呀。」

「對對對，我還記得那天上午我被叫到公司去參加發表會的會場工作分配會議，當時還看到她穿一件鵝黃色的禮服，領口還有綠色的羽狀裝飾，很別緻，所以我印象很深。」

「哪裡別緻？聽起來像支鳳梨咧。」

我們五個人又咯咯大笑起來。

「別這樣說，妳們總夫人可是我的偶像呢。」我收起笑容；女店員們似乎發覺這樣在客人面前聊自己上級的是非不太妥當，也趕緊收起嘻笑。

「對了，她穿的那支鳳梨裝是誰設計的？」

「是我們公司另一位設計師，羅宇萍。」

「剛剛那件棗紅色的裙裝也是她設計的？」我打開皮包，拿出信用卡；「既然坊珍喜愛的，一定有她的道理，那我也喜愛，有沒有妳們說的鳳梨裝？我買一件。」

三位女店員一起傻眼怔住。

「那件棗紅色的裙裝也一起包。」我聳聳肩，反正回去找文石買單，怕什麼。

＊　＊　＊

車子開出百貨公司的地下停車場，白琳才忍不住道：「唉，妳怎麼眞的買那件鵝黃色的禮服。」

「妳是說那件鳳梨裝？」我聳聳肩；「回去找文旦報帳，怕什麼，是他說和線索有關的東西都要想辦法蒐集的嘛。」

「這衣服跟線索有關？他知道這兩件衣服的價錢一定會翻白眼口吐白沫的啦！」

「誰叫他，說什麼懷疑方哲珍的證詞，認爲一定要深入調查。」

「可是，不管和死者的感情如何，畢竟她是死者的老婆，上庭應該還是會幫自己老公的吧，依常情來看，就算她的證詞誇大甚至不實，也不能認爲江長賢沒有殺她老公吧。」

「誰知道他脖子上那顆柚子裡裝什麼東西在想的。」我在手機上按下幾個鍵：「喂，是飛珣公司嗎？小姐妳好，請問妳，貴公司最近有辦新裝發表會嗎？」

電話那頭的總機小姐幫我查了幾秒，告訴我下個禮拜就有一場，還有地點在哪一家飯店。

我才把電話切斷，馬上又響起。

「喂，鈴芝？」是文石。

「嗯啊。」

「有收穫嗎？」

「發現方哲珍案發當天在參加一場公司辦的新裝發表會。」

「這我已經知道了，她作證時說了。」

「嗯。而且查到當天上午她是穿一件鳳梨裝出席的。」

「鳳梨裝？那是什麼？」

「你好奇呀？我待會兒穿給你看。不過，重點是，她平常幾乎都不出席這種發表會的。」

「咦？眞的嗎？」

我把剛才查訪的情形詳細描述了一下。

「太好了，下禮拜的新裝發表會妳一定要去。」

「那你在幹嘛？」

「我？我在案發現場，也找到了很重要的線索。」他的語氣透出興奮。

「眞的嗎？什麼什麼？」

「呃，這個很難在電話中講清楚，但是看了就一定能了解。」

「等我一下，我馬上過去。」其實我比他更好奇。

「不必了，我把現場的重要發現用數位相機拍下來了，妳看我拍回去的東西就可以知道了。」

回到事務所，發現文石已經在他的辦公室裡了。

由於是星期六的下午，事務所裡空無一人，若不注意，根本不會發現某個角落的辦公室裡的某個卷宗堆裡，還會有某個頭髮散亂、身著舊西裝的男子在裡頭。

「喏，這是妳剛才所說的羅宇萍，相關的資料都在這裡。」他聽到我的腳步聲，頭也沒抬，就把桌上的筆記型電腦轉向我。

那是飛珣服裝公司的網站，它爲旗下每一位服裝設計師設計了專屬的網頁。我看到視窗上顯示著羅宇萍的名字，內容大抵是在說她的設計風格、歷年最受歡迎的作品、個人的小檔案。我點選了幾個選項，並沒有更私人性的問題。

「這裡有一些。」文石移動一下游標，在留言區點了一下；「她的粉絲不少，看得出來是個很念舊、容易交心的人。」

我迅速瀏覽了一下：「唔，老朋友很多。不過，我們不是在查方哲珍嗎?幹嘛研究羅宇萍呀?」

「那方哲珍的網頁就只有這樣嘛!」他又按了一下滑鼠，畫面換成一位西方女模，她的眼圈劃著墨綠色的眼影、唇色也是墨綠色，身著黑白相間的怪異套裝，擺出展示的姿勢瞪著我，右下角有英文字標示著設計師的名字：ＦＪ。

「沒留言嗎？」

他把畫面點回羅宇萍的網頁，列印出好幾張；又連結到羅宇萍的一個部落格，裡面的討論與心情留言更多。「有很多，都是保留不公開的。所以只好從羅宇萍下手。」

「只因爲方哲珍穿了一件她設計的衣服？」

「對了，妳在電話中說的衣服是……？」

他終於抬起頭來。我轉身故意擺了一個嫵媚的POSE，他看得目瞪口呆。我再做作地換個可愛的POSE：「口愛嗎？」

「這……呃，哈哈，很可愛，……，哈哈，這該怎麼說呢，……」他以乾笑掩飾自己的錯愕，又摸摸下巴：「只是妳脖子上那叢綠草是怎回事？」

「這就叫大膽、創意、前衛、時尚，懂嗎？」

「懂了，時尚就是把女人的頭放在一顆鳳梨上……」

「好，那你知道追逐流行時尚，要付出多少代價嗎？」

「呃，不知道。」

「喏，是你說我可以買的喲！」我從皮包裡拿出一張發票放在他桌上：「我會跟老闆說的，從你下個月的薪水裡扣還給我就可以了。」

文石看了發票一眼，眼瞼馬上微微抽搐起來，我知道他正在極力控制眼瞼，不讓自己的眼珠掉出眼眶。

我回頭，看到白琳掩住嘴笑出聲。

＊　＊　＊

文石把他在案發現場拍到的東西燒錄成光碟，播給我們看。

畫面一開始是案發地點的威遠大廈全貌，從外觀看來是一棟高價位的住宅式大樓，在台北地區很常見。

畫面移動著：一樓管理員櫃檯、電梯、樓梯、花園中庭……我們看到管理員郭一聖、警員力義出庭作證時所說的那些場景位置，與一般住宅大廈的位置情形相當，並沒有什麼特別。

櫃檯內的管理員不是郭一聖，文石跟他講了一些拜託了之類的話，他也很客氣地回應了幾句，就拿出一支鑰匙交給文石。

畫面接著往電梯內移動，文石在樓層數字鍵上按了2。

門在抵達二樓時打開，畫面移出電梯，左右各有一個門，這是每層樓只有兩戶的高級住宅。

畫面停在右邊那個門，上面貼了一張紅紙，只寫了一個「售」字及一支屋主的手機號碼。文石伸手把門打開，屋內除了壁櫥酒櫃等固定的裝璜外，空無一物。

畫面往左是落地窗，往右是餐廳廚房及房間的門，我本以為文石至少會走進房間，那裡應該會出現什麼。但是畫面卻突然朝客廳的一面牆前進，然後畫面就一直在那面牆上游移著，最後停止不動。只見文石倏然走進畫面，整個人貼在牆上，像小學生被老師處罰面壁思過般，動也不動。

「你……這在幹嘛？」

他沒回答我。畫面中的他忽然伸出兩臂手掌，在牆上摸來滑去，然後全身貼在牆上蠕動，簡直就是一隻人肉壁虎在爬行的模樣。

數十秒後，他轉身面對鏡頭，目光異常興奮：「這就是祕密！」

我望向白琳，她聳聳肩，和我面面相覷。我們望向文石，他卻盯著電腦螢幕，神情極為興奮，發現我們在看他，他把手掌朝向螢幕：「還沒完呀。」

畫面中止，再出現時已經是從大廈外面的對街，朝向大廈全景拍攝。這用意顯然是告訴觀看者，現在回到畫面最先起點。然後持錄像機的文石往大廈右邊的小巷裡步行，他在大廈右後方的巷內止住，把相機的鏡頭抬起，再把所攝的景象拉近，使畫面停在二樓的一面牆上，又開始在牆上游移。

最後，出現文石的旁白：「請看，這就是眞兇逃逸的路線！」然後畫面轉向文石自己，他對著鏡頭比了個「耶！」的勝利手勢，就結束了。

眞兇逃逸的路線？

眞兇是誰？

爲什麼從牆壁逃逸？

難道眞兇會穿牆？

我和白琳再度面面相覷，我忍不住說：「眞兇是穿牆人？還是你要我們找壁癌嗎？」

「什麼嘛，妳們都沒有認眞看。」

「前面還看得懂，但是後面就是一直在拍攝牆壁嘛！我還以爲你會重回十樓之一的案發現場哩，結果是在二樓之一的牆壁上打轉，你是搞錯現場了、還是遇到鬼打牆？」

「十樓之一雖然是案發現場，但仍然是方哲珍的家呀，妳認爲她會讓我進去嗎？」

「呃，……是不可能會，但是你要拿這段影片證明江長賢無罪，會被法官罵到狗血淋頭吧。」

「一個稱職的偵探，就是能看到別人未能看到的線索。」他把滑鼠在螢幕上點入，畫面重新開始：「一個好的推理，往往是從最細微處著手。」

那段在牆上移動的畫面又重現。

我和白琳很專注地再看一次。整個辦公室內連頭髮落在地上的聲音恐怕都聽得到。

「咦！」我先驚叫出聲。

「唉呀！」白琳想必也發現了一樣的東西。

「那是——！」

牆上隱隱浮現的紋路痕跡，那形狀，表示那面牆曾經被打通後又砌回。

「如果那面牆被打開過，那是什麼時候的事？」

「整棟大樓看起來是中古屋了，但是那面牆看起來是新刷過的……」

「而且那間房屋是空屋，屋主或仲介公司貼了出售的紅紙，所以……應該是爲了出售而重新整修過了……」

「那個看起來像個門的紋路痕跡，在修補前就應該是個洞……」

「也就是說，那個牆上曾有個洞，而那個洞的用途是……」

「一般來講，是供工人進出、搬運傢俱之用！因爲大整修時，大件的物品、工具和建材不可能全靠電梯，再加上那面牆可能也要整修，所以就乾脆打通了，以方便作業。」

「問題是，牆上曾有個洞跟這件命案有什麼關係呀？」

其他住戶的家中牆上曾有個翻修時留下的洞，這一點，與命案是否是江長賢所爲，似乎是風馬牛般的不相關吧！

我和白琳輪流腦力激盪著。感覺彷彿與文石要我們發現的答案愈來愈近，但卻又隔了座山般，令人難過。

文石臉上露出期待又興奮的表情，似乎認爲我們一定可以趕上他的腳步。這個有著神奇魔力般智慧的傢伙，在經歷過好幾個案件的表現，我發現他的思考速度總是如閃電般，那麼突然卻又令人驚異，也使我始終對於趕上甚至超越他的思索能力，充滿挑戰的鬥志。

「答案都在影片中呀。」他鼓勵道。

我的思緒迅速奔騰著，極力想要從剛剛的片段裡找到迷宮的出路。

空氣中只剩下我們三人的呼吸聲，但是我們的思緒在無形的象限裡可都發出極大的馬力聲，如果可以被聽到的話，一定接近戰鬥機的引擎全速大開。

「時間的因素呢？」文石忍不住提示。

我循著文石丟的麵包屑往前走，在一大片陰黯的森林深處企圖找到一絲穿透的陽光；「一般來講，牆會因爲工作而未砌上或被打通，只有兩個可能，一是房屋在蓋的時候，原本就只砌一個框形，待工作完成後再把框內供通行運輸的洞補起來，完成一面牆。另一個就是事後整修時被打通。」

「前者應該是原來的建設公司在蓋的時候才會有的情形吧！」

「看你拍回來的片段，這卻應該是屬於後者，因爲牆壁看來是新刷過的……」

「如果是在屋主公開表示出售之前就被打通的話，那是什麼時候？」

「那一定就是工人在整修房屋的時候嘛！」

「那如果，房屋整修的時候，剛好與李俊命案發生的當天重疊的話呢……」白琳思緒的腳步顯然比我快了一些。

「啊！」我不禁驚嘆，這樣兩個點就連結了！

「不只應該和命案發生的當天重疊，還應該和命案前後的一段期間連結。」文石再次提醒，「會把牆打開，通常不是短短幾天的翻修工程所需要的。」

我頭頂的表皮細胞瞬間炸開，心臟忽然急速躍動，噗通噗通的——

我望向白琳，她的眼瞳似乎也擴大了——

「命案是六月二十五日發生，而二樓住戶的翻修工程也許需要一個月，也許已經進行半個月了。行凶的人得知，認爲機不可失，所以利用這個工作所需的牆洞，作爲下手後遁逃的路徑，以避過一樓櫃檯管理員，當然更要避過電梯裡的監視器。」文石摸摸自己的下巴，「這樣妳們還不知道凶手的逃離方法嗎？」

「呃，也就是說，他行凶後，是從十樓的現場走樓梯步行下樓離開，因爲樓梯間沒有監視器，所以沒有被錄影的可能……然後他走到二樓時，進入正在翻修的二樓之一，再從那個牆洞逃走……所以，管理員郭一聖、警員力義、邱品智就無法發現還有其他第二個可疑的嫌犯……」我的思緒流轉著，想像當時的情景。

「嗯，沒錯！在翻修時，建材工人進進出出的，很少有工人會把門關上的吧。」

「不會有人發現嗎？」

「我當然希望有人發現呀！因爲這不只是我的推論，我還要找到目擊者，傳目擊者上庭作證，才有可能翻轉目前不利的局勢。」

「等一下，牆上有個洞，就能從二樓跳下一樓旁邊的巷子逃走？」

「妳有聽過鷹架嗎？鷹架上有時爲了搬運建材需要，還會架上斜模板，以利進出的。」

啊，鷹架！這樣的確是順利逃走的最佳途徑呀！這個凶手果然聰明。如果凶手以這個方式逃走，無知的江長賢就揹了黑鍋……

「但是，眞的有這個凶手嗎？還是，這只是你虛擬假設的一個凶手呢？若眞的有，他殺李俊的動機又是什麼？」

「這就是我要妳去參加飛珣下星期新裝發表會的原因，那裡一定有追查的線索可找。」文石的眼中綻放出強烈的鬥志。我的腦海裡忽然浮現出一幅熊熊烈焰的地獄中，展開一雙栩栩白翅的天使，伸手企圖把一縷幽魂拉離赤煉的景象……

6

聖心西亞大飯店。

十二樓的「風尚廳」，在電梯門無聲地滑開後呈現眼前。

我摒住呼吸，感覺心跳的頻率帶著幻彩的小鑰匙，迅速打開身上每一個虛榮的細胞。

這種衣香鬢影的盛況讓人目爲之眩、神爲之迷。

在場的每一個仕女名媛，莫不是華裳玉衫。面對各家名牌服飾的萬種風情，如果敢說出自己不會在此流連忘返的人，要不是虛僞做作，就絕對不是女人。

最誇張的是，眼底是使我瞳孔放大的各式美裝，鼻底則盡是世界知名品牌的香水味，整個會場就像全世界的絕色美女群聚在一起施展妖媚大法一樣，似乎想把進到會場所有雄性生物的魂魄通通勾走。

眞是太令人愉悅的聚會了，我想從今以後可能會中了服裝發表會的毒癮。

一個侍者走過身邊，我從他手中托盤拿起一杯琥珀色的紅酒，啜了一口，心情像小女孩走進童話裡的繽紛花園般開心，幾乎快相信自己就是一隻翩翩飛入花海的快樂蝴蝶了。

我對自己絕對有信心的外表很快就吸引了兩位高大帥氣的男士靠過來。其中一個鷹勾鼻型男搶先開口：「這位小姐，好眼熟呀，我太笨了，一時想不起來妳的芳名是——？」

另一個高額帥哥也急著插話：「小姐的樣子這麼高雅，應該不是記者吧？」

鷹勾型男馬上又道：「小姐應該是飛珣的設計師之一吧？」

呃——這個嘛……我只好回給他一個笑容：「嗯啊。」

高額帥哥不甘心，從口袋取出名片，但鷹勾型男卻又搶話：「哦，我有聽說，妳們公司最近有新聘的幾位年輕女設計師？」

新聘的幾位年輕女設計師？我淡淡一笑，「是啦，不過羅宇萍是我學姊。」

「羅宇萍？」鷹勾型男面露異樣，但旋即回復，「哦，她也很優秀。」

「也很優秀？意思是，你認爲我比她優秀？」

「哈哈哈，一看就知道囉，如果以流派作比喻，她的作品是梵谷，妳的作品應該就像安格爾。」

梵谷？我的腦海馬上出現鳳梨裝、頜口上的臉是耳朵裹著白紗布、嘴上含著煙斗的大叔。

但是，安格爾是……？

身後的司機湊在我耳邊小聲提示：「裸女作品很有名的畫家……」

這是性暗示嗎？我心中微惱，但保持笑意並未發作：「先生在哪裡高就？」

鷹勾型男面露喜色，馬上掏出名片夾：「我跟貴公司合作多年了，貴公司的服飾在我們公司一樓的精品業績向來是笑傲同業的。」

我接過名片：K百貨集團執行長王士憲。

「幸會幸會。」我欠欠身，向身後的司機伸出手，他立即把一張淡藍色飄著茉莉清香的名片放在我的手心；「小妹日後還有許多地方要向王執行長討教的喔。」

鷹勾型男瞄了一眼，笑咧了嘴：「一起研究、一起研究！」

「沈小姐，妳說妳也是飛珣的設計師？名片上怎麼沒有印上頭銜呢？」高額帥哥斜視鷹勾型男手中我的名片突然問道。我怔住，身後的司機忙不迭地也遞上一張給他：「我們家小姐最重視創意了，誰說名片上一定要印頭銜的？太沒創意了。」

「嗯啊。」我心中大吐一口氣。

「可是，我怎麼沒見過妳……」高額帥哥面有疑色。

「您是在哪個部門？」司機繼續插嘴。

「我是飛珣的人事管理主任趙超，妳該不會沒見過我吧？」他把手中的名片伸向我。

人事管理主任？他是人事管理主任！文石說什麼當作化妝舞會五四三的！這麼快就要穿幫了嗎……

「我們小姐上星期才剛從巴黎學成歸國，馬上就被公司的方總設計師請來了，說什麼馬上要交出拉斐爾風的春裝設計圖，連人事資料都還沒時間交給公司哩。」

拉斐爾風是啥？我心裡犯嘀咕，但這個名詞和方總設計師幾個字，對他顯然很有份量，他轉疑爲笑：「原來如此，公司的設計團隊有沈小姐加入，應該更能如虎添翼了。」

「是啊，我們小姐在台灣唸大學時跟貴公司另一位吳設計師也是好同學喲。」司機怎麼知道有一個姓吳的設計師？我的眉頭忍不住偷蹙。

「吳？是吳萱萱？」

「我不知道，只知道她是開『雅綠絲』的車啦。」

「我們公司開『雅綠絲』的設計師只有吳萱萱啦。呃，你是——」

「他是我的司機，也是我爸爸替我找來的保鑣。」

高額帥哥與鷹勾型男同時面露訝異，顯然認爲我是什麼貴族富豪的名媛吧。他們還想搭訕些什麼，會場內突然響起的音樂蓋過所有人的聲音，伸展台上主持人透過麥克風請各位貴賓入座；身後的司機在我耳邊說羅宇萍在那裡什麼的，我趕緊點點頭示意表示要離開，兩位有醉翁之意的男士只好欠身退開。

主持人在台上介紹著今天展出作品的設計師，場內響起一陣陣掌聲。

接著身著各款新裝的模特兒陸續走出，在伸展台上擺出各種雅姿，台下的記者紛紛按下快門，耀眼的閃光燈不斷。

我在人群中悄悄靠近羅宇萍。

她戴著紅邊眼鏡，瓜子型的臉龐白皙姣美，身著義大利設計師最新一季的流線禮服，是個古典美女。

她與身旁的女子交談著。我的司機和那女子低聲地說了聲：「小姐，對不起，一樓的服務櫃檯有人找您。」

我的司機一身白襯衫、黑西裝、黑領帶、梳著整齊的油頭，看來與飯店的侍者沒什麼兩樣。女子望了他一眼，滿臉疑惑，和羅宇萍低聲說了句，就往電梯方向離去。

我悄悄靠過去，遞補離去女子的位子；腦子裡盡是羅宇萍的網頁和部落格裡的內容在迅速流轉著。

銀飾、滾刺繡、層層疊疊、多重的混搭，手上還掛著叮叮咚咚的大串銀手鐲，台上的模特兒擺出冷艷的姿勢。我見狀：「咦，是波西米亞風味哩。學姊不是很喜歡Bohemian Style嗎？」

我眼角餘光察覺她側臉看了我一眼。

「小安也很愛這種款的，記得嗎？」學姊是羅宇萍在部落格用的版主暱名，小安則是在她的部落格上留言的網友，我記得她與小安很談得來，原本是聊服飾與時尚，後來連生活上的瑣事也無話不聊。

「妳……妳是小安？」她睜大了眼；「真的是妳？」

我給她一個微笑，「嗯啊。」

「妳不是說今天沒有辦法參加嗎？」

「妳好像不希望我來……？」原來她約了小安。

「喔，當然不是，」她顯得有些不知所措，但笑得很開心；「我只是……太意外了！」

「給學姊一個驚喜嘛。」

「呃，想不到妳會來找我，我們換個地方聊吧。」

「不會耽誤妳看秀嗎？」

「不要緊。」她牽起我的手，彷彿與我已經很熟識了，這讓我有點意外。我被她帶進電梯，她在數字鍵上按下10。我這才發覺我的司機已經不知哪去了。十樓是西餐部，她拉我到角落的位置，我們各自點了下午茶的西點，開心得聊了起來——當然，我是扮演得很開心，她看來是遇到知己般眞的很開心。

我也許對拉斐爾是誰不清楚，但對自己超強的公關社交能力可是很有把握的。我先把在網頁和部落格裡的內容融會貫通，轉換爲問題與她攀談，因爲都是熟悉的話題，彼此的距離很快就拉近，十幾分鐘後我和她就像多年老友般。

我把話題轉到她的工作上，文石認爲以方哲珍在飛珣及國際時裝界的地位，會穿她設計的作品，這其中就一定有什麼線索可查。

「對了，飛珣的坊珍好像很有名喲，她的設計眞的很有特色。」

「她呀，女王一個。」

「女王？是很霸道嗎？」

「應該說是她很有Queen的魅力。」

「Queen的魅力？」

「妳不認識她，我也不知該如何說起，總之，公司裡的人沒有不臣服於她的，就算對她反感也一樣。」

臣服？反感？說得很抽象，但因爲怕她起疑，我不敢再追根究底，只好轉個角度再試：「學姊也是嗎？」

她哈哈地乾笑兩聲，不願證實。我因此覺得她和方哲珍間應該有發生過什麼不愉快；「我也是呀，很討厭我的上司哩。」

「討厭？妳的上司也是女的？」

「是個男的，他很古怪，他是個律師，但是沒有律師應該有的樣子，他知道很多不同的專業知識，但是生活常識卻有時像白痴，辦案超認眞，但是不太會做人，也不會看場合說話，常得罪別人還不知道。跟他在一起合作，心臟不夠強是不行的，因爲很多時候我們急得要命，他卻好像不在乎，很多時候我們認爲已經不用浪費時間了，他卻像發現金礦般一頭栽進去，超級怪人一個，搞不懂他。」

我自然反應說出對文石的感覺，這就不必演了，超自然的。

「其實聽起來是個很有趣的人呀，怎麼會討厭呢！」

「我也不是討厭他啦，就是覺得他怪，不過，他也有細心的一面，總之，工作上的認眞是沒話說啦，認眞過頭了有時就會讓人討厭吧。」

也許她見我先分享，也稍微放寬心門；「其實designer方也是很認眞啦，她也是怪，但是如果妳是我們這個圈子的，就不會覺得怪了。」

世界知名的時裝設計師脾氣也有一些以怪出名的吧，畢竟，設計師也是藝術家，做事跟著感覺和心情走，也不意外。

「只能說，她是個很有魅力的人，但臣服於她的魅力，往往會很受傷，但是不用心付出，又很難對得起自己。」

「但是又會不由自主的臣服？」

「是啊，也許這就是宿命。」她的表情看來苦澀。到底是在說什麼，跟她的鳳梨裝一樣難懂，也許學藝術的人就是這般多愁善感。

「不能離開她的權力魔掌，自己出去開工作室嗎？」

「權力魔掌？不是啦。」她欲言又止，結果給了個苦笑；「原先也沒想到呀，畢竟飛珣是很大的公司嘛。反正現在事過境遷了，也看開了，就不會想離開了，妳知道，設計師最怕自己的作品沒人看到，飛珣這麼大，推展的能見度高，想進來都不容易了。」

「對啊，飛珣的服裝很難不讓人注意，各種媒體都可見，我就是因此買下『女兒心事』的喲！」

「是嗎？」她笑道。

「『春天的黃昏』我也有收藏。」

女兒心事是那件棗紅色的裙裝，春天的黃昏則是專櫃女店員和我戲稱的鳳梨裝。設計師們很喜歡替自己的作品取名字。

奇怪的是，她一聽到「春天的黃昏」，臉上的笑容竟馬上像扔到大海一樣消失。

「因爲我有看過坊珍穿喲。」我再試探。

「我們不要再談她了。」她端起杯子，狠狠吸了一口黑咖啡，臉上微慍的表情，更讓我好奇。

她到底和方哲珍之間曾發生什麼事？難怪文石覺得方哲珍的人跟她設計的時裝一樣：神祕但可疑。

手機突然響起。我按下通話鍵，是文石：「鈴芝？」

「嗯。」

「那個趙超走進西餐部了，妳快閃吧。」

趙超？我抬頭往門口望去，那個高額帥哥正在四處張望。

「他在找我嗎？」

「剛才我在會場見他和方哲珍交談，又向門口的侍者打聽，我想他大概是發現了妳的身分有疑——」

「知道了，我馬上回去。」我掛上電話，低著頭；「學姊，今天跟妳聊天眞開心，我有急事，要先回去了。」

「這麼快，那以後怎麼跟妳聯絡？妳的電話呢？」

「我會在部落格上跟妳聯絡的，bye！」我看到趙超往我這邊走過來，趁他還未發現我，我趕緊起身往另一方向走，留下錯愕的羅宇萍。

才走到電梯前，文石不知從哪裡竄出來在我身邊，一身白襯衫、黑西裝、黑領帶、梳著整齊的油頭，眞像侍者，更像司機。

我們進電梯，我以爲要下樓離開了，誰知道他竟又按了12。

「喂，還回樓上會場呀，萬一那個趙超又來了怎麼辦哪！」

「我還要找一個人，妳先到地下室的車上等我電話。」

「還要找誰呀？」

「吳萱萱。」他從口袋取出掌上型筆電，一個網頁上有著一張照片，並且拿了車鑰匙及一個電子柵欄的啓動磁片。

電梯到12樓，他踏出電梯。我趕緊按下B2鍵，幸好上帝保佑直接抵達，中途沒有在10樓開門。

＊　＊　＊

文石的車停在角落裡，上了車我就回撥手機。

「嗯。」文石是用耳機及隱形麥克風。

「我剛才和羅宇萍聊，有一些發現。」

「我也有一些收穫，我跟著那位和羅宇萍交談的女子下樓，發現了一件事。」

「你騙她把她支開，還跟著她，不怕被她發現，找你算帳。」

「我得監視她回來的時間，以免妳和羅宇萍的對話被打斷。」

「我也沒想到她會把我帶到西餐部去。」

「我跟著她，她詢問櫃檯後，以爲是被捉弄，看起來當然是臉很臭。」

「換成我也會很臭。」

「她想搭電梯再回十二樓，在等電梯時，可能是太氣了，就拿起手機罵人。」

「罵誰？」

「她怒氣沖沖地罵說：『方哲珍，妳幹嘛？又想玩什麼把戲？』」

「這……什麼意思呀？」

「該被妳搶走的都已經被妳搶走了，妳還想怎樣？」

「方哲珍搶走了她什麼呀？」

「還不知道，這個方哲珍看來不簡單，李俊的死，恐怕眞的還有內幕。」

「會不會是詐領保險金呀？還是要謀奪財產？」

「好像不是，我初步調查的結果，飛珣的大權其實是掌握在方哲珍的手裡，李俊的年收入雖高，但是方的股票價更高，要論財富，方是不輸給李俊的，所以要說為財謀害親夫，這種動機的可能性不大。」

「從哪打聽來的？」

「飛珣的股票是公開上市的，理財的雜誌、投資網站都可以查到董監事的持股數，方哲珍的持股數是亞洲地區最高的，李俊則完全沒有持股。」

「他掛名總經理而已？」

「李俊純粹是個粗俗商人而已，公司的創意總監才是收入最高、最受重視的人，她決定的一個方案，也決定著公司能否獲利、獲利多少，這種公司是創意產業，不是製造業。」

「咦，你這樣講，好像認定了眞凶是方哲珍了哩，但是爲什麼是江長賢被逮到？」

「我目前沒這樣認定，但至少我認爲方不是單純的被害人。」

「那會不會是因爲不滿李俊太花心，老是拈花惹草，才……」

「那樣的話離婚就好了唄。」

「說得也是。」到目前爲止，案件的進展彷彿仍身墜五里迷霧，只聞人語響而已。「我也從羅宇萍那兒發現一些關於方的疑點——」

「很好……等一下，時裝秀結束了，吳萱萱要下樓了，等我電話。」他切斷通話。

我才把手機關閉，眼前看到一個人讓我嚇了一大跳：是趙超！

——這傢伙，是怎麼回事呀，陰魂不散的。

他在停車場裡東張西望，難道還在找我？搞什麼，我就這樣讓他魂縈夢牽嗎？

我放低了座椅，並不想在這個時候和他糾纏。

兩分鐘後，手機又響起，是文石。

「鈴芝，快把車開出來。我在一樓大門口。」

「你怎麼不下來呀？」

「我以爲她會到地下室開車，結果她是在門口打手機叫計程車。」

我拉起座椅，視線所及看不到趙超。我發動了引擎，踩下油門，讓車子迅速駛上一樓。

吳萱萱有什麼好跟蹤的？我的思緒流轉著。

依證人郭一聖的證詞，方哲珍在案發前約一個禮拜開始是由她的朋友一個姓吳的小姐開車搭載的，而這個姓吳的小姐，會不會是趙超口中所說、也是飛珣公司的設計師吳萱萱呢？吳萱萱在這個案子裡又是什麼角色？

整個案子我還是一頭霧水。

車子開抵一樓出口電動柵欄前，我把文石給我的啓動磁片插入，電動柵欄輕快地舉起，我踩下油門前習慣性地瞄了一下照後鏡，眼瞳差點沒渙散掉！

後面那輛車的駕駛座上……是趙超！

——難道剛才車子開出來的時候他還沒離開、還在找我，被他發現了就追上來？

我馬上按下手機快撥鍵：「文旦，我車後被趙超盯上了啦！」

「咦，他想幹嘛？」

「你要負責幫我甩掉他，是你出的鬼主意要我來招蜂引蝶的。」

「傷腦筋，他是什麼車？」

「黑色的豐田阿提斯。」

車子開到聖心西亞大飯店門口，文石上車。

「跟緊前面要左轉的那輛福特佛可司的計程車。」他瞄了一眼照後鏡，「阿超果然跟上來了。」

「阿超？你跟他很熟嗎？」我嘟著嘴；「這下好了，千金小姐自己開車載司機？」

「就當我的腳扭傷了好嗎，好心的小姐。」

計程車在台北的街道上疾駛，我和它保持幾輛車的距離。

可是趙超的車緊跟在後，給人很大的壓力。

計程車從羅斯福路六段開上嗚遠橋往新店的方向，途中幾次趙超的車企圖想超車，都未能得逞。

行經一條較擁擠的路段，趁一個紅燈啓動的時候，文石突然說：「現在超車，快！」

我急轉方向盤，超越前面的大客車，吳萱萱所搭的計程車還在前面的車陣中，但文石又說：「快右轉進巷子裡。」

我依他的指示駛入小巷中。

「左轉再左轉到下個巷口回到大路上。」

「這樣不會跟丟嗎？」

「這樣只會讓那隻阿超跟丟我們，我們不會跟丟計程車。」

「爲什麼？」

「因爲這裡有很多的小巷，但是我認爲吳萱萱在這麼大的公司擔任設計師，收入不錯，應該不會住在小巷的公寓裡，而且，現在時間還早，她會這麼早回家嗎？恐怕還有約會吧。」文石冷靜地說，「而阿超超不過那輛公車，會很急，會找巷子回頭鑽進來，那時我們已經回到大路上了。」

車子回到大路上，我們插入車陣中，文石指著前方：「計程車在那裡！」

「想不到你的跟蹤術還有兩把刷子。」

「不是，是心理戰。如果他急著要找妳，就一定會如我所料。」

「他爲什麼急著找我？」

「可能愛上妳了吧。」

「鬼扯，我不相信所謂的一見鍾情。」

計程車在一棟大廈的門口停住，下車的女子身材嬌小、穿著時髦的粉紅色套裝。

我把車超過計程車，停在大廈前方的路邊。我們從照後鏡觀察。

她在門口撥打手機，文石張望著四周。

幾分鐘後，一輛凌志的進口跑車出現，把她接上車。

「是凌志的跑車，這下子慘了。」文石和我趕緊換位子。

進口跑車的馬力果然驚人，倏忽一下子就快消失在我們的視線範圍裡。

文石猛力踩下油門，緊追不捨。整個車身劇烈撼動，彷彿下一秒就會解體般。

「早就叫你換一台啦！」

「不行，這樣小白豈不是太可憐了。」小白是他對自己這輛二手車的暱稱。

「是誰載她？是方哲珍嗎？」

「沒看到，希望等一下能看得到。不過現在遇到紅燈就完蛋了。」

「那位被你支開的女生是誰，好像和方哲珍也有什麼樣的糾紛。」

「這還要再查。妳從羅宇萍那裡查到些什麼？」

我把剛剛的情形描述了一遍。

「這麼說來，好像羅宇萍也和方哲珍有什麼過節還是糾紛。」

「以我的觀察，好像不能用過節或是糾紛來形容她當時的反應。」

「那該怎麼形容？」

「嘖，嗯……」我怔了大約有一分鐘之久，「很怪的感覺，說不上來。」

「是她的感覺、還是妳的感覺？」

「她的反應和表情，給我一種怪的感覺。」

前方遇到紅燈，使車陣暫時停下來。凌志的右方向燈在閃了。

「嗳，要上高速公路了。」

「這次如果是吳萱萱開雅綠絲就好了。」雅綠絲是豐田的一款很小型的房車，在台灣街頭到處可見，馬力自然比不上進口跑車。

車子很快衝上高速公路，是往南下方向行駛。文石也大力踩下油門，但始終與前方保持一定距離。

凌志車像一條蛇般左右游移在車陣中超車，速度很快。

文石也不時超車，但唯恐被發現，並不跟隨它的超車動作。

當大家的速度都保持定速，其中有輛車變換車道超車，很容易引起眾車駕駛的注意。

文石不跟隨前方凌志跑車的超車動作變換車道，但是我們的車在變換車道超車時，好像後面有一輛車卻如影隨行。

「喂，小蜜蜂阿超又來了。眞是不死心耶！」文石忽然道。

我也望了一眼後視鏡——

黑色的豐田阿提斯！天哪！

「他到底想幹嘛？」

「喲，看來妳挺有吸引力的嘛！」

要是在平時，我一定暗自高興，但在這個時候，我一點都高興不起來。「他不是小蜜蜂，他是蒼蠅。你要負責把他趕走。」

「爲什麼？」

「是你叫我出席時裝發表會的呀，才惹來這個背後靈。」

「待會再說。前面有機會了。喂，把帽子、眼鏡戴起來。」

原來是快到收費站了。

文石的車內常放照相機和各式的帽子、眼鏡、外套，甚至還有一些變裝的東西，以備不時之需。

我和文石同時戴上墨鏡和帽子，我還穿上一件黃格子外套。

車近收費站，大家的速度都慢下來了，文石忽然道：「糟了，它可能要走電子計費車道。」

小白瞬間叉出車陣變換到內側車道，加足馬力往前衝，很快超越凌志跑車。

我緊張地拿起車內的大砲口相機。

超車的刹那，我們兩個一起回頭望：駕駛是一個穿灰色上衣的短髮女子！

「果然是方哲珍！」我們齊聲叫出。我按下連續快門，相機發出清脆的捕攝聲。

「完蛋！我的車沒裝計費器！」文石從電子計費車道直接穿過收費站，這下子罰單跑不掉了。

車行過交流道後，文石忽焉在前、時而在後，出現內壢交流道的標示牌時，對方亮起了右邊的方向燈。

文石把車距拉長，「看來她們是要去桃園。」

黑色阿提斯仍然在後照鏡的一角、尾隨在幾輛車之後。

凌志跑車進入中壢市後，行經一條較窄的街道，前方出現一片豪宅區，車子就忽然轉進一條巷子內，在一扇雕花黑色大鐵門前停住。

是有管理室、電控大門的豪宅社區。

看來我們的跟蹤暫時只能到這兒了，文石抓起相機又拍了幾張車子進入社區的照片。

拍畢，文石隨即將車駛離。才出巷子，一個黑影倏然橫現車前，文石急忙踩煞車。

是我的背後靈！

「請等一下！」他馬上打開車門下車，雙手不停揮舞。

文石按下車窗：「趙先生，你好像一路跟著我們呀？」

他放心似地道：「我是有事找你們小姐。」

7

紫娟見我們臭著臉走進來，很有經驗地領我們到角落的位置。落座後，趙超先給我一個歉意的微笑：「我追妳追得很辛苦。」

「誰要你追我的！」我還他一個白眼。

「喔，不要誤會，我是說，我發現妳和羅宇萍好像很熟，所以有些事想向妳打聽。」

「眞的只是這樣？」

「呃，當然，一開始眞的是很欣賞沈小姐出眾的氣質與外貌，但是後來發現妳和designer羅主動交談，還很要好似地一起離開，所以我想——」

「所以你一直在監視我？」

「別這樣說嘛，實在是有事要拜託妳幫忙。」

「讓你這樣緊追不捨、還和羅宇萍有關的事到底是什麼？」文石盯著他的眼，突然大叫：「哦——！戀愛！」

他驚異地睜大眼睛，看來有點不知所措，可能覺得沒見過司機這麼愛插嘴的。

「這……」趙超的目光閃爍，「請別亂猜了……」

「喂，你既然喜歡她，直接向她表白不就好了。」

「還有，既然有了喜歡的對象，還看到漂亮女孩就追是怎樣？太花心了吧！」

「難道要我代你向她表白？」

「這樣太沒誠意囉，恐怕不會成功吧？」

「就我所知，她應該不會欣賞這樣的男人的啦！」

「你是人事主任，跟她一定有工作上接觸的機會，卻要我們幫你，這不是捨近求遠嗎？還有，你憑什麼認爲我們一定會幫你？」

我和文石一句接著一句，把他搞得壓力很大，額頭上都冒出汗珠了，他低聲道：「兩位，且慢，能不能讓我說一下。」

我作了一個請便的手勢，他才大吐一口氣，仍舊壓低聲音：「其實我只是想請沈小姐幫忙，向羅小姐要一個東西。」

文石盯著他的眼睛，他縮起肩，小心翼翼繼續說：「這東西對她而言，根本沒用、也沒意義，但是我向她要過了，她就是不給我。所以——」

「她爲什麼拒絕你？」我愈來愈好奇。

「呃，這個我也不知道，也許她很討厭我，也許她有其他的考量，總之就是因爲她不同意，而且我想盡辦法動用了一切關係，都沒有用——」

「是因爲你愈向她要求，她愈覺得奇怪，但是你因爲某種因素，不告訴她要求的原因，因而她愈不想給你，是這樣的吧？」

「也許是吧。」

「那請問，爲什麼你要向她要這東西？」

「恕我也不便告訴沈小姐。」

「哦，那恕我也不便幫你。」我起身作勢就要走，文石卻還盯著他的表情不放。

「一百萬！」

什麼？我在萬分之一秒的反應裡極力分辨剛剛這句話是誰說的、以及話中的涵意。

我回頭望向文石，他也露出驚訝的表情。

「我願意出一百萬元，作爲請妳幫忙的報酬！」

我坐回座位上，不可置信地望著他、再望了一眼文石。文石回敬我一個眼神：讓他說下去。

「但是條件是，不要問爲什麼，也不要問內容是什麼。」

「喂，如果是違禁品、犯罪的贓物，你出一千萬我也不甩你。」

「絕對不是。」

「到底是什麼東西對你這麼重要？」

「一個檔案。」

「一個檔案？」

「是的，是一個在羅宇萍的筆記型電腦裡的檔案。」

「什麼檔案對你這麼重要？」

「我剛才說過了，請不要問爲什麼。」

「那是你的檔案、還是她的檔案？」

「是我的，內容與她無關。」

「既然是你的檔案，爲什麼會在她的電腦裡？」

「恕我不便多說。但是，如果妳直接告訴她是爲我而要的話，妳也會遭到拒絕。」

「你剛才說曾想盡了辦法也沒能要回來？」文石插嘴道。

「我老實告訴你，我還雇了電腦駭客企圖利用帳號駭入她的電腦偷取，但是什麼檔案都偷到了，就是沒有那個我要的檔案。原來她平常上網根本不用那台電腦，她在辦公室用的是桌上型的，在家則用另一台筆電。」

「那，意思是存有你的檔案的那台筆記型電腦，她平常都沒有在使用？」文石摸摸鼻翼，看來興趣頗高。

「這樣我要如何跟她講？」

「妳用什麼辦法讓她給妳，我不管，我只知道我的檔案存在她不上網的那台筆電裡。另外，如果妳讓她知道眞正想要的人是我的話，一定會被拒絕，那這一百萬元，我只好另覓他人了。因爲我找過好幾位跟她較有話聊的同事，都是敗在這裡。」他講一百萬時，露出有錢就是老大的嘴臉，眞是令我反感。

「這樣只要我們一向她提及，她豈不是馬上就知道又是你——」

「可能性很高，所以我的報酬已經從開始的十萬元提高到一百萬元了喲。」

「開口閉口一百萬，怎麼你以爲本小姐一定希罕你的錢、會爲了你出賣自己的好友？如果我直接告訴她你——」

「我沒差，反正她已經知道我急著取回那個檔案。」他忽然出現蔑視的眼神；「不過，我知道妳應該會對一百萬元有興趣，畢竟，妳不是什麼眞正的富家千金吧？而這位先生也不是妳的司機，兩位應該是在爲專門報導藝人名流八卦消息的雜誌工作吧？」

我和文石交換眼神：被看穿了啦，眞糗！

「本來我也以爲沈小姐是哪位企業家的千金，而且，也有意追求妳，但是，我向designer方求證，得到她的白眼，她說最近根本沒有聘請什麼巴黎來的設計師。再說，企業總裁或董事長讓自己的女兒搭乘那麼破的國產車，哪有可能？還請了司機來開？太突兀了。」

還好我的長髮披肩，遮住了耳朵，不然被他發現我的耳朵熱到發紅，一定更糗！我瞪了文石一眼：你再念舊吧？你再不換車吧？

「所以被你猜到我們是記者？」

咦，文石眞的以爲自己是記者？我們現在又變成記者了嗎？

趙超的表情看來很得意；「你們化妝接近名人，不過是爲了雜誌或報紙的銷售量而已，但是一個獨家消息，獎金有一百萬元嗎？如果不讓報社或公司知道，自己就可以賺到這超過一年薪水的一百萬元，相信沈小姐是願意考慮的吧？」

我對以爲有錢一定能使鬼推磨、把平凡上班族都當成可以被錢推著走的傢伙特別反感，一股怒氣猛地往上衝；「喂，你以爲本小姐眞的這麼愛錢嗎？告訴你，我最討厭——」

「妳最討厭被人追債吧？想想妳的房貸和會錢吧。」文石搶話，左眼眼角對我微微抽動，在暗示什麼。

「……我最討厭自己被房貸和會錢壓得喘不過氣來……」我聲音細微，氣勢像翔鷹中了一記冷鎗，直直墜落入意外的深淵。但是，我哪來的房貸和會錢壓力呀！

——文旦呀文旦，我的形象全爲了你的辦案犧牲了。你這招最好有用，否則我一定剝了文旦皮拿去晒乾，做成陳皮梅。

「那就這樣，妳有我的名片，我等妳的好消息。一個禮拜囉。」他起身，露出微笑，我這才發現他右邊的嘴角裡有一顆俗斃了的金牙，在店內燈光的照耀下微微發亮。

「等一下，檔案名稱是什麼？」

「珊瑚。」

珊瑚？珊瑚裡面是什麼？爲什麼讓趙超這麼緊張？

如果是什麼見不得人的檔案，難道他不怕我們取得了之後洩露出去、或再向他敲一筆？

羅宇萍又是爲什麼不願給他？眞的單純是因爲趙超不願透露而感到好奇？如果是這樣，那趙超爲什麼不以重金利誘跟她交換條件？難道她開天價，還是……

我見趙超步出店門，馬上把滿腹的疑雲拋出來。

「有興趣的話就再查下去。」文石沒有回答我，透過大落地窗，望著他走過馬路消失在街角的身影。

「還要我冒充那個什麼小安的網友嗎？可是我總有罪惡感，覺得對不起羅宇萍，她好像很相信我耶！畢竟她和這個案子沒什麼關係吧？」我皺起眉。

「適當的時候會告訴她眞相。」

紫娟端來摩卡和檸檬汁。文石露齒微笑：「這杯不會又那麼酸了吧？」

「哦，不會，但是阿芝那杯咖啡可能會苦一點。」紫娟嬌滴滴地聲音，聽來很悅耳。

＊　＊　＊

次日，在地方法院刑事法庭，繼續進行詰問證人的程序。這次到庭的是警員邱品智。

邱品智在文石所承辦的幾件刑案中，已經有與文石交手的經驗；有些案件他和文石合作找出眞相，但有些案件則因彼此的立場不同，也會針鋒相對，有互不對眼的時候。

雖然只有三十幾歲，但是刑警是經常要熬夜的工作，加上習慣性的大量吸菸，讓他的外表看起來超齡，特別是鬢角的些許白髮。

經由檢察官的主詰問，邱品智把當天下午在案發現場搜索採證的情形先陳述一遍；經過大抵和力義的證詞相同。

「邱先生，依扣押筆錄及警卷資料顯示，是你在被告的家中找到本案的凶刀？」檢察官接著把詰問重點放在凶器的發現過程。

「是的。我們從管理員提供的線索認爲江長賢涉嫌重大，所以馬上趕赴他家逮捕他，並且在他家搜出扣案的血刀。」

「請說明逮捕及搜證的過程。」

「我和刑事組的另外幾位同仁抵達他家，按了門鈴，是他自己來開門的。我們表明身分，他有點驚訝。我們請力義看著他，其他三個人一起搜索他家。結果在他家的垃圾筒裡發現了染血的刀子。」

「請庭上提示編號三的證物。」

審判長請庭務員在證物箱內翻尋，找出一個大夾鍊袋，裡面裝著一把刀身長約三十公分、刀刃長約二十公分的水果刀。

「就是它。當時它是用報紙包著，丟在垃圾筒裡，應該是準備要拿出去隱匿湮滅。」邱品智從庭務員手中接過，看了一眼回答道。

「對於你們在被告家搜出這把刀子，當時被告的反應如何？」

「他的表情很驚訝。可能是我們以迅雷不及掩耳的速度搜出他的犯罪證據，超乎他想像得快。」

「你們就逮捕他？」

「是的，因爲涉嫌重大。」

「刀上的血跡有無送請化驗？」

「血跡的血型與ＤＮＡ，都與被害人身上採集的血液相符，我們有補送刑事警察局鑑識組的檢驗報告給地檢署。」

「對於凶刀在家裡出現，他作何解釋？」

「他說他不知道爲何會有那把刀，還說李俊的死，跟他無關。」

「他先怒氣沖沖的找被害人吵架，有目擊證人看到，後來凶刀又被發現扔在他家裡的圾垃筒裡，這樣還說跟他無關？」楊錚的語調故意提高，企圖營造被告狡賴的形象。

「是啊，我們如此質問他，要他作合理的解釋，他也說無法解釋。」邱品智也露出嘲諷的微笑。

「但是在警訊筆錄裡看來，他有坦承回家前，是前往被害人住處理論自己的妻子遭被害人騷擾的事？」

「是的。他不只說是騷擾，他是說妻子遭被害人性騷擾。」

「嗯。」楊錚對於邱品智的回答顯得相當滿意：「主詰問完畢。」

檢警雙方一唱一和，法庭內呈現被告惡性重大、不知悔悟的氛圍。

檢、警站在打擊犯罪——或是不問是否冤枉也要讓被告定罪——的立場上，向來都是很有默契地站在同一陣線。

換文石反詰問。

「你們在案發地點蒐證了多久？」

邱品智回想了幾秒：「大約十五分鐘。」

「從案發地點到被告的家，你們多久抵達？」

「因爲警車響著警笛，所以大約五分鐘的車程就到了。」

「如何得知被告的家？花了多少時間查證？」

「得知嫌疑人的身分後，透過警局組裡的同仁馬上前往飛珣公司查證，而且組裡的同仁也調取被告的年籍口卡等資料。之後同仁們回報查詢結果，我們就從案發現場直接前往。這樣大約花了五分鐘。」邱品智看來不明白文石這個問題的用意，所以小心翼翼地回答。

「真的這麼快？查證的時間包括在你剛剛說的十五分鐘裡？」

「別的分局我不知道，但是我的組員向來很有效率。」

「對了，聽說你快要升副組長了是吧?先恭喜你了。」

「謝謝。」

「刑警眞是辛苦的工作呀，沒日沒夜的，要升到副組長可眞要加倍付出吧。」

「是啊，競爭還很激烈。」

「依照大樓管理員郭一聖的警訊供述及在本院的證詞，他說沒看到被告離開時手上有持任何凶器？」

「他在警訊時確實如此說，不過因爲被告穿夾克——」

「所以有可能逃離時把凶器藏在夾克裡？」文石搶道。

「是的。」

「這話怎麼跟郭一聖說的一樣？」文石瞪著邱品智道。「該不會是你在訊問他時，給他的暗示或誘導吧？」

邱品智沒想到文石會如此問，突然不知如何回答；楊錚見狀，立即大聲反擊：「異議！超出主詰問範圍，而且有侮辱證人之嫌！」

文石不待審判長裁決，主動說：「算了，反正包括郭一聖的說法都是推測之詞，不足採爲證據，所以這個問題我撤回。如果有讓邱先生感到不受尊重，我致歉。」

邱品智小吐一口氣，但眼神綻出獵犬般的敏銳，看來已提高警覺。

「你們到被告家中時，他家裡還有什麼人？」

「沒有。只有他一人在家。」

「包著那把刀子的報紙，你們有保留嗎？」

「呃，沒有。」

「在你剛剛說的二十分鐘裡面，有沒有可能有第三者在刺殺了李俊之後，再把刀子放在被告家廚房裡的圾垃筒裡，嫁禍給他？」

「這是不可能的。」

「爲什麼如此肯定？」

「第三者是誰？有什麼動機？兩個現場也沒發現任何證據證明您的假設。」

「所以，你們除了被告以外，並沒有再去查其他可能涉嫌的人，對不對？」

「從我們調查所得的人證、物證，都指向被告就是殺人凶手，怎麼還有必要再去查什麼其他可能涉嫌的人？」

當時我並不知道文石他這個問題的用意，事後問他，才知道他是在爲最終的辯護鋪排；但也許是以爲文石有質疑警方未盡調查責任的味道，邱品智有些動怒；「如果眞的是別人殺的，只要大律師能提供線索，我一定追查。」

「我想我一定會請邱警官幫忙的。」文石淡淡回道；「我問完了。」

「請檢察官覆主詰問。」審判長轉向楊錚。

「剛才辯護人問你，你說到被告家中時，他的家裡確實只有他一人在？」

「是的。」

「有經過檢查確認嗎？」

「有的，我們有每個房間巡視。」

「嗯，所以凶刀不可能是被告以外的第三人放在圾垃筒裡的囉？」

「可以這麼認定。」

「我沒其他問題了。」楊錚的用意，顯然是在加強行爲人就是江長賢，文石的假設絕無可能成立的前提事實。

「辯護人？」

「我沒有其他覆反詰問的問題。」文石在思索著什麼，沒有再提出其他問題攻擊邱品智的陳述，莫非……已走進無可推翻的絕境？我不禁擔心起來。

* * *

回到事務所，距離下班時間只剩一小時；因爲是這個月的最後一個工作天，所以照例舉行本月份業務檢討會議。

方律師負責事務所接到的公司法務，性質上多半屬於公司與公司間所發生的非訟事件，所以我常認爲他是除了老闆以外最輕鬆的。雖然發律師函、出具法律意見書是他會出現在辦公室的原因，但更多的時間他是在外與公司客戶的老闆們打高爾夫、洗三溫暖、在五星飯店享受各種異國料理。老闆也很器重他，因爲事務所固定的業務收入，可不是打官司所收的律師費，而是法律顧問費與諮詢費。而方律師的職責，就是維繫這些客戶的關係。

他最常掛在嘴邊的就是：「我的專長就是不戰而屈人之兵、決勝於法庭之外！看看文石，累得要死，唉！」

但是我和小蓉常暗地裡笑他是：不戰就醉於酒精、決勝於夜店最快！呵呵。

喏！看吧，他最早進會議室，但是宿醉的身體癱在靠背椅上滿臉通紅，兩眼茫茫，微醺的鼾聲從他喉間咯咯發出。空氣中還因此透著些許白蘭地加上二氧化碳的怪味。

許律師和白律師一起進來，兩人有說有笑的。許律師是律師界少見的美男子，總是穿著合身的襯衫和名牌西服，帥氣挺拔。許多女性當事人登門指名要委任他，和他談過案情後，好像糾紛引起的怒氣或委屈，都會突然融化在他溫柔的語氣和眼神裡，個個離開時臉上總是洋溢著信任和幸福感——難道帥哥就是勝訴的保證嗎？她們到底是怎麼想的？我至今仍猜不透。

至於白琳律師，就是溫婉、細心的美女律師囉！幾個幫助弱勢的社福團體都聘請她為法律顧問，經常擔任被害人的代理人，對惡質的壞蛋提出告訴追究刑責、或代理被大企業欺負的勞工追討積欠的工資和資遣費，在我和小蓉的心目中可是正義女神咧！老闆也很贊成白律師兼任公益團體的法律顧問，這工作雖然不會為事務所帶來什麼高額的收入，但對於建立事務所的形象大有幫助。

文石嘛，他是最晚才進來事務所受僱，略顯蒼白清瘦的臉頰，濃眉、薄唇，眼神不辦案時常常散漫似霧、辦案時又銳如劍光，有時覺得他外貌英挺，有時又覺得他中等身形，站在人群中也就是組成人群的一點，絲毫不突出。仔細想想我對他最深的印象呢……唉，可以確定的就是一個字：怪。

「柚子呢？」白律師靠過來低聲問，打斷了我的思緒。

我環顧四周，抓起桌上的電話按下內線：「喂，文旦，開會了。」

半分鐘後，文石一頭亂髮，手上抓著一個杯子快步走進來，坐在會議桌最末位。他打開杯蓋，從口袋裡抓出一把花生往杯裡丟，再輕微搖晃，杯裡傳出嘶嘶的聲音。

「那什麼？」

「我研發的新飲料。」他目光透露出興奮，盯著杯裡瞧。

我湊過去瞄了一眼：是汽水！

「汽水加花生？」我失聲道，引來在座所有人的目光；「而且還是鹹花生！」

「還有加紅茶哦。」

「這能喝嗎？」

「喝了不就知道了，幹嘛大驚小怪。」他舉起杯子咕嚕一大口，吞下後再開始嚼起含在口中的花生，發出格格的聲響。

在座所有的人都面露驚異之色，當然也包括我。

「嗯……嗯……」陶醉的表情在他臉上渲開，他再啜一口汽水，「嗯，比起蛋皮花生，另有一番風味。」

「蛋皮花生你也試過了……?!」許律師的語氣中聽得出噁心。

「汽水紓壓、紅茶提神、花生補充營養，功能這麼多，你們不覺得這種飲料會大賣嗎？」言畢，他還打了一個嗝。

「在喝什麼好東西？幾年份的？」這時林律師步入會議室，身爲美酒專家和股神的他，以爲文石是在品嚐什麼好酒。

文石趕緊把口中物嚥下，我搶先道：「花生紅茶加汽水，還吃得到花生的果粒喲！」

林律師瞬間傻眼，但老闆畢竟是老闆，什麼奇風異俗沒見過，否則怎麼領導大家？而且文石的秀斗，也不是第一次見到；他隨即變換表情：「呃……又是文律師的新發明嗎？也許珍珠奶茶以前也是這樣被發現的吧，哈哈。」

翻白眼的翻白眼、歪嘴的歪嘴，在座沒有一個人認同，只有文石豎起食指點點頭，意思是：只有老闆才是我的伯樂。

本來文石的怪異行徑，讓林律師很不放心，所以剛進來的時候，分派給他的案件都很少。但最近半年來，事務所的訴訟案件居然大量的被分給文石。也許是辦案的結果讓林律師很滿意，但更可能是案情比較沒希望、或對事務所日後業務成長較無幫助的案件，林律師在效益的考量後認爲派給他比較合適吧。

但結果，是方律師所常說的那句：看看文石，累得要死，唉！

所以，我對他的第二個印象就是：忙。

林律師看著手中的報表：「這個月多了五家上市公司的客戶。」

「是啊，我和紅發電子公司的王老闆『交陪』了好久，他愈來愈信任我了，一口氣就幫我們介紹給他的往來廠商和幾家關係企業子公司，結果都聘請我們擔任法律顧問啦！」方律師語氣中透著驕傲。

「嗯，很好。」林律師點頭微笑，看來很滿意。

「不過，這樣我的案子就變多了，需要人手來幫忙才行。」

「唔，我研究看看。」

咦，幫忙？我和小蓉都不會打高爾夫球呀。而且，小蓉是配派在方律師的手下，從來沒聽她說方律師交辦的文書有什麼繁重可言，一個月所要撰寫的契約、律師函、法律意見書，加起來可能還比不上起文石手中一個案子所需提出的準備書狀或辯護狀。

「許律師這個月的結案數這麼高？」

許律師點點頭。林律師也很滿意地笑了一下。我胡思亂想：那些臉上由怒氣沖沖轉爲泛著紅暈的女當事人，應該都很能接受許律師的建議，該和解的就和解、該撤告的就撤告；畢竟，帥哥的魅力，凡女無法擋！所以，結案量才可以這麼高吧。

「白律師的部分，未結案與新接案量都很正常。」林律師再把目光投向下一張報表；「這樣的話，調妳來支援方律師，應該沒問題吧？」

白琳目光微怔，望了一眼文石、又望向我。

「林律師，文律師手上的訴訟案件太多了，經常撞庭，這個星期已經有三個案件必須請求法官改期了。所以昨天我有跟白律師溝通，希望她能分擔一些，她也說好。」身爲文石與白琳的助理，我怎能不爲自己的上司爭取權益呢。

「可是，我也很忙呀，那誰來幫我？我手上的可都是大客戶。」方律師立即反應。

「人家白律師已經先答應我了。」我不甘示弱。「難道要文律師忙到肝硬化才能減低他的工作量嗎？」

「我的肝也有可能忙到硬化呀！」

「你是酒喝到硬化吧？」此語一出，感覺桌下有人在輕踢我的腳側……是白琳，她使眼色，我頓悟用語不當。因爲老闆也愛喝美酒，只是不像方律師那樣經常泡在酒精裡防腐；但，我的話會不會得罪了老闆，倒是口快沒想清楚。

「喂，喝酒也是爲爭取客戶的認同嘛！」方律師盯著我，「不然，妳來幫我吧，美女？」

「才不要。」我吐舌給他一個鬼臉。

「文律師的案件量確實多了些，不過，」林律師的目光從報表上移向文石；「有些案子不是可以很快就結案了嗎，爲什麼拖延到現在還沒有結？像那個時裝公司總經理被殺的案子，怎麼法官還不想結案嗎？」

「是我不想結案。」文石的目光始終停留在他的杯子裡：「我還有證人要聲請傳訊。」

「這樣啊，」林律師搔搔日益稀疏的頭頂：「是有什麼發現嗎？」

「我覺得被告被冤枉的可能性愈來愈高。有可能推翻檢察官起訴的事實。」

眞的嗎？我把整個案子的前後經過迅速溫習了一遍。被告有殺人的動機……幾個證人的證詞都對被告不利……殺人案件最直接的物證：屍體與凶刀都被找到了，而且凶刀上的血跡與死者相符，又是在被告家裡被尋獲……整個案子到現在尚未出現對被告有利的證據，這樣能推翻起訴事實？

至於文石所拍下那面牆壁的光碟……牆壁能證明什麼？它上面的壁癌能浮現眞兇的模樣？別鬧了吧！

「這樣啊，那，」林律師點點頭，「就請白律師兩邊都撥空協助吧。」

這算什麼？就是投資股票的術語：「分散風險」嗎？我偷瞪了林律師一眼，也許不做壞人就是身爲主管最高的帶兵哲學吧。

「可是，白律師也有她自己的案件要辦呀。」我望著許律師；「許律師的結案量既然這麼高，不能請許律師分擔一些嗎？相信許律師能者多勞，應該不會推辭才對。」

「好建議。就這麼辦。接著我們看下個星期的庭期分配。」林律師馬上擊掌附和，並立即把話題轉移，只見許律師一臉錯愕，無從反應。

會議結束後，文石行色匆匆步出會議室，我緊跟上走進他的辦公室。

「喂，幫你爭取福利，怎麼報答我？」

「要不要吃檳榔？我請妳。」

「哼，沒良心的小氣鬼！下次看你怎麼累死。」

「還以爲妳會好奇呢。不然請妳去墾丁玩。」

「玩什麼？」

「潛水。」

「咦，好啊，我還沒去墾丁玩過咧。」大學時期就加入潛水社團的我，因泳技、泳姿過人，還被學長們封了個「小美人魚」的雅號，卻只在龍洞、野柳三塊石一帶潛過。但我忽然想到什麼：「厚！

沒誠意，我才不要去哩！」

「是怎樣，怕晒黑？」

「少來，你是要和你的小優去，幹嘛拉我當電燈泡？」

「我沒有要和她一起去好嗎？我連她長什麼樣都不知道，幹嘛約她去。」

「在網路上約她出來見面，不就知道了嗎？」我覺得好玩。

「無聊。」

「喂，無聊的是你吧，還有時間上網交友呀！」

「我是爲了找一些資料、和網友交換意見的時候她來搭訕的，而且說實在的，她的海洋生物知識比我豐富，這樣應該沒什麼吧。」

「眞的嗎？」

「本來就是這樣的呀。」

「聽起來好像想要推卸責任喲，該不會想欺騙人家少女的感情吧。」

「妳不是已經偷看過我的對話記錄了嗎？什麼感情，別亂說。」

「我不是偷看，是堂而皇之地看，誰叫你電腦沒關。」

「妳到底要不要去浮潛，不去我就自己去了。」

「眞的沒有約小優？」

「沒啦！」

「那就沒意思了，不去。」我心生一計，認爲一定很有趣；「不過，你只要答應我一個條件，就算報答我了。」

「說吧。」

「以後石頭哥與小優妹的對話，要讓我看。」

「什麼？」

「以證明你眞的沒有欺騙她的感情。」

「不要再說什麼感情好不好！」

「喂，你叫我冒充小安去找學姊的事，我也沒跟你計較呀。」

「好啦。」他把桌上的東西放進抽屜裡，襯衫的長袖子往臂上捲：「我要去吃檳榔了，妳眞的不去？」

「律師吃檳榔？又短路了。才不理你。」我給他看我眼睛白色的部分，他往電梯方向走去。

8

我開著車，往東區的方向前進。一路上和小蓉聊著電影明星和演藝人員的八卦，原本說說笑笑的，話題不知怎麼聊的轉到事務所的同事。

我突然想到文石說要請吃檳榔，心中微惱，故意數落他的不是，說他小氣。

「他眞的說要請妳吃檳榔？太沒誠意了吧。」小蓉低呼。

「妳不信呀？他不是經常這樣短路嗎？」

「這倒是。不過，他這個人除了怪了一點，好像也沒什麼缺點，至少我覺得他比許律師好。」

「許律師？他有什麼不好的？大帥哥一個。」小蓉是分派在許律師手下的助理，平日業務上與許律師的互動比我多。

「可是他對於沒有把握的案子，總是愛叫當事人和解。」

「這也沒錯呀，如果勉強訴訟卻輸了，對當事人好嗎？」

「至少要努力，眞的不行才考慮和解嘛！」

「和解也是解決當事人糾紛的一種方法。」

「但是，卻會把眞相掩蓋，或是將眞相故意視而不見呀。」

「至少當事人總是願意接受他的建議，表示他的功力也是不錯，才能贏得當事人的信任吧。」

「眞的是功力不錯？還是長得不錯？」

「耶，妳也這麼認爲？」我們相對一顧，大笑出聲。

「長得帥也沒什麼錯吧，我們幹嘛這樣笑人家。」

其實我們不是在笑許律師，而是在笑那些以許律師迷人笑容和英偉外表，來決定自己命運的女當事人。

車子經過建國北路交流道下來，停在一個路口等紅燈。

「至少他不當律師，當個電影明星也會很紅，文旦就沒這個命了，他的外表就一定不如許律師那麼吃香。」

「至少他可以演個配角吧，比如說不能演展昭，至少可以演王朝或馬漢之類的。」

「又比如說演女主角的司機，結果被人誤認是狗仔記者之類的。」

「哇哈哈哈哈……」小蓉大笑出聲，還兩腳猛跺。

「哈哈哈……」我也不顧形象大笑特笑，還好是在等紅燈，不然車子一定會左右狂擺。

「妳太沒大沒小了，這樣笑妳的上司。」

「誰叫他小氣。」

驀然，小蓉的笑容僵住，兩眼發直。

「妳、妳說……文旦要請妳吃什麼？」

「檳榔。」

「看來、看來，他真的沒騙妳！那個人是不是他呀？」

「咦？」

我順著她的目光看向路邊：高架路橋下，一個水泥柱子上用紅漆噴著：「要找工人嗎」的字樣，還有聯絡的電話號碼。幾個身著粗布藍工作服、白色布鞋的男人蹲在柱子旁邊，抽菸的抽菸、嚼檳榔的嚼檳榔。近年經濟不景氣，這種景況出現在許多城市的角落，特別是在路橋下，許多失業的人想找零工，就會聚集在此等待工頭點名。他們總是期盼營造公司推出建案需要工人時，自己能被選上，好讓一家老小有餬口溫飽的機會。

而蹲在那裡的七、八個人中，有一個把白襯衫的袖子捲起來的傢伙被小蓉認出來：一手搭在一位滿頭白髮，身形佝僂的中年男子肩上，一手拿著一包檳榔，兩人有說有笑，嘴角還淌著紅色的檳榔汁。

真的是文石！

他真的在吃檳榔！和一個中年歐吉桑蹲在路邊一起吃檳榔！

他是一個會蹲在路邊吃檳榔的律師？

我想我一定是看錯了，或是工作太累引發錯覺。我馬上按下車窗鍵，努力睜大了眼睛——

「眞的是他！」我失聲叫出。

燈號從紅燈變換爲綠燈，後面傳來喇叭催促聲。

文石被喇叭聲吸引，抬起目光望向我們……

他對我們揮一揮手，傻笑——

他的牙齒……全是紅色的……

後面傳來更大的喇叭聲，把我從驚異中喚醒，踩下油門。

*　*　*

第二天早上，我開車上班的途中，腦海中盡是不自覺浮現某個人張著血紅色牙齒傻笑的畫面。

林律師張著血紅色牙齒傻笑著……

方律師張著血紅色牙齒傻笑著……

許律師張著血紅色牙齒傻笑著……

連白律師都張著血紅色牙齒傻笑著！天啊……

再來換我和小蓉張著血紅色牙齒傻笑！主啊，原諒我……

最後大家一起張著血紅色牙齒，看著文石在傻笑！救命呀……

文石這個傢伙，到底在搞什麼鬼，害得我一路上精神快要錯亂。

車子開進大樓的地下室，我在固定的位置停好。步入電梯時，爲了不想影響今天的心情，我把剛剛在腦海裡的畫面大力擦掉，丟在電梯門外。

進入自己的座位，我和鄰座的小蓉道了聲早安。

「妳的菁仔律師已經來了喲！」小蓉居然這樣回應我，說完還抿嘴偷笑。

我把請白律師協助辦理的案件卷宗整理好，送進她的辦公室。然後抱起今天要開庭的案件卷宗，走進文石的辦公室。

照例，我沒敲門就直接進去。

他的眼睛盯著電腦螢幕，手指快速地按擊著鍵盤。

「菁仔，這是今天要辦的案件。」

「妳知道菁仔和包葉仔有什麼不同？」他沒有抬眼望我，手指也沒停下。

「一點都不想知道。」我沒好氣地說。

「一個律師，對社會上的大小事情應該都要保持高度的興趣和好奇，才能勝任的啊！」

「我只想知道你什麼時候變成『小安』了？」我瞄到他的螢幕，「而且還在跟我的『學姊』上線聊天？」

「嘿嘿，不是在聊天，是在查一些線索啦。」他露齒微笑。

我心裡不禁暗吁：好險已經是白的了，而且還很白。

我湊過去，把頁面往回拉，仔細看他們的對話內容。

學姊：那天妳為何匆匆離去？

小安：有個討厭的傢伙在找我，我不想理他，所以就先跑了。

學姊：什麼傢伙，這麼惹妳討厭？

小安：其實妳應該也認識，人長得還算帥，但是言語讓人反感。尤其嘴裡那顆金牙特別讓人討厭。

學姊：和妳這樣描述相似的，有一個人，姓趙。

小安：對，就是他。

學姊：他騷擾妳？

小安：嗯。

學姊：我也很討厭他。

小安：那我們不要說令人討厭的人。

學姊：好。

小安：我最近想去墾丁潛水。聽說那附近海域的珊瑚很美。

學姊：那天看妳的樣子不像是會喜歡戶外活動的人。

小安：為什麼？

學姊：因為妳的皮膚很白呀，如果常去潛水，應該會晒黑的吧。

小安：因為我擦防晒油像塗油漆一樣，刷了又刷！

學姊：呵呵。

看到這裡，我微惱：「喂！你假冒我的名義上線，還要醜化我！」

「別那麼計較，妳要看就快點看，我還要和她交談呀！」

我趕忙看下去，因爲我超想知道到底她和趙超是什麼關係。

小安：學姊喜歡珊瑚嗎？

學姊：嗯，很喜歡，它們很美、也很神祕。

小安：對呀，而且它們很長壽，妳知道嗎，在綠島海域有一些微孔珊瑚，是從宋朝就存活下來至今的。

學姊：真的嗎？那豈不是一千多歲了？可是聽說珊瑚的數量愈來愈稀少了。

小安：因為外力的破壞呀！人類的污染、破壞和濫砍，是它們白化和消失的最大元凶。不然的話，它們自由自在，在適合自己的海域繁衍生活下來，會形成壯觀美麗的珊瑚礁王國。

學姊：……

小安：而且聽說墾丁那邊原先龐大的珊瑚已經因為人的污染和破壞，殘存的已經不多了，保育再無成效，也會消失。

學姊：……

小安：學姊怎麼了？

學姊：……

小安：怎麼不說話呢？

學姊：妳不覺得我們也很像珊瑚？

小安：像珊瑚？

學姊：自己原本存活得很好，因為外人的好奇、誤解，甚至歧視，所以受到很大傷害……

小安：被人誤解可以解釋，受到傷害可以逃開。

學姊：妳有見過珊瑚會開口解釋的嗎？妳有見過珊瑚會逃命游走的嗎？它們的宿命不就是逆來順受嗎？

小安：這倒也是。所以妳就有點感傷？

學姊：嗯。

小安：學姊好像是個很容易多愁善感的人……

學姊：我不否認。但是跟妳聊天很愉快。

小安：我是個很三八的人。

學姊：不會啦，妳是比較活潑開朗。我喜歡開朗的人，她們比較不會騙人，即使騙人，也瞞不住。

小安：……

話題到這裡就中斷了；我用指節敲文石的頭頂，發出叩的一聲：「我是個三八的人？」

「喔！好痛。」他搓著頭頂，「當然是假的。」

「想不到你還眞會哈啦耶。」我望著閃動的游標；「可是我們冒名跟她交談，不是騙她嗎？怎麼掰下去？」

文石摸摸下巴，眉頭微蹙，「想要的線索還不夠，但是，似乎她已經發現了我們是冒牌的小安了。」

「怎麼會？」

「妳看不出來嗎，她的話中始終有話，而且因為我們對她不了解，所以和她的交談好像始終沒有觸及她想談的重點。」

「哪幾句？」我趕快再一次掃瞄這些對話，不知所以。

「若誠實告知她，恐怕會惹怒了她……但是，她這明明已經是在暗示了……」文石似乎陷入了苦思。

這時，對方突然傳來了訊息：

學姊：妳知道嗎，我最恨欺騙了。

「蛤？」我和文石面面相覷。

我忍不住吐舌：「真的被發現了嗎？」

「再不回訊就會被列入拒絕往來黑名單了！」文石抓抓後腦，在鍵盤上打下：

小安：學姊被人欺騙過，所以受傷很深？

對方立即回覆：

學姊：嗯。一個我深愛過的人，欺騙了我、背叛了我。

「還好，我不是她深愛的人。」

「也就是還有機會。」文石似乎也鬆了一口氣，又繼續與她對話。

小安：趙超也騙過妳，所以妳討厭他？

學姊：他？卑鄙小人一個，眼中盡是名利，哪騙得了我。只有我相信的人才有可能騙倒我。

小安：妳相信我嗎？

學姊：相信。

我驚叫：「啊！你這樣講不是自掘墳墓嗎？她說她相信我，意思是我也騙了她不是嗎？你幹嘛這樣講！」

「騙她我也有罪惡感的。」文石聳聳肩道。

小安：那我向妳自首，我也騙了妳，我不是原先在妳部落格留言的那個小安。

學姊：……

小安：只是因為妳的心情故事吸引了我，讓我很想與妳為友、認識妳。

學姊：……

小安：但是我太年輕，不知怎麼與妳開始，如果以自己的暱稱，怕沒辦法得到妳的認同，因為妳的年紀比我大很多，又見到小安與妳的交談熱絡，所以……

學姊：……

小安：後來我體認到，在網路上交友，其實是沒有什麼年紀和距離的，只要觀念接近、想法認同、或是有共同的興趣，即使是老人與小孩，也可以成為好友的。

學姊：……

小安：但是我不知如何向妳坦白。如果妳要把我拒往，我也願意反省與認錯。

學姊：……

小安：因為我也曾被人騙過，那種感受我知道。

學姊：……

小安：對不起。

學姊：……

完了，她都不回應，一定是生氣了。不知怎麼，我的心情也突然難過起來。文石的面色也很凝重，手指在鍵盤上快速飛奔，又連續打了幾個對不起。

學姊：要我原諒妳可以，但是從現在起妳要實話實說，不可以再騙我。

小安：一定、一定！

學姊：趙超叫妳來接近我的？

小安：不是。

學姊：他不是叫妳想盡辦法從我這裡騙得一個檔案？

小安：有。還說事成之後要給我一百萬。

學姊：所以妳接近我？

小安：不是。我不希罕那一百萬。

學姊：真的？

小安：從頭到尾，我有問妳關於什麼檔案的事嗎？

學姊：但是妳知道檔案的名稱是珊瑚，而且還跟我說了許多珊瑚的事！

小安：我是真的要去潛水呀！

學姊：那等著妳拿潛水的照片來證明。不可以用合成的！

小安：原來我是那麼沒有信用的人。

學姊：誰叫妳一開始不老實。

小安：╳〉╳

學姊：〉（〉

羅宇萍終於給了一個微笑，我和文石互看一眼，不約而同吐了一口氣。這時她又傳來：

學姊：不過，妳不會好奇「珊瑚」裡面到底是什麼嗎？

小安：不會，因為我大概知道是什麼。

學姊：真的嗎？我太意外了。

不要說羅宇萍，我也很意外：「喂，你真的知道？」

「我有合理的推測，但是尚未被證實。」文石的指尖在鍵盤上敲出：

小安：應該是親密的照片檔或錄影檔吧。

學姊：……

小安：而且還是別人的，不是妳的。
學姊：是趙超告訴妳的？
小安：不是，純粹推測的。
學姊：如果趙超告訴妳內容，妳會幫他？
小安：我真的不是狗仔記者。
學姊：可是他出價一百萬？
小安：我的靈魂是無價的。
學姊：我喜歡有無價靈魂的女孩。
小安：我對於檔案不好奇，但是對趙超這個人好奇。
學姊：李俊和他是同母異父的兄弟，他是李俊的母親離婚後，再嫁所生的。

原來如此！仔細回想，他長得與卷宗內死者的檔案照片還有幾許相似。

文石也大力地拍了一下自己的大腿：「難怪了！」

學姊：但他與李俊的感情很好，他幾年前能在公司裡擔任人事主任，也是靠著這個哥哥的關係。

小安：這樣的話，他和方哲珍的感情又如何？

學姊：她對於這個小叔進到公司來，還一下子就擔任人事主任的職務，可是大有微詞。所以兩人在公司是你看我不順眼、我看你就討厭。

小安：趙超會有野心嗎？比如說，圖謀公司更高的職位，或是打擊方的地位之類？

學姊：也許有，但是憑他？不要想跟方鬥。

小安：方比較厲害？

學姊：我是這麼認為。喂，不要老是打探我們公司的事，尤其是這兩個人，我都不想提起。

小安：抱歉，我太好奇了。

學姊：我也很好奇，妳到底會不會浮潛？

小安：一定把我潛水的照片傳給妳。

學姊：不可再騙我。

羅宇萍到此就離線了。

「喂，你該不會眞的要我去潛水吧？」我瞄了文石一眼，見他的臉龐出現一絲心虛：「我可不去的喲。」

「拜託啦，拜託啦！」他馬上站起來打躬作揖。

其實我也很想看看傳說中的珊瑚美景，但是，嘴上就是故意不依。

文石有個讓我很受不了的習慣，在沒證實前，對於他發現的事實，是從來不會輕易鬆口的，所以我經常自己在迷霧中苦苦思索。

但是，現在既然他有求於我，總該先洩露一些天機讓我知道吧，不然，很痛苦的哩。

「要我去也可以，有條件。」

「快說快說。」

「剛剛你們到底在說什麼？」

「等到證實的那一天，妳就知道了。」文石彷彿發現了什麼重要的眞相。

「喂，要等到哪一天呀？」我再逼供。

「目前有把握的是，表面上這件殺人案，似乎只是爭風吃醋、一個男人捍衛妻子所引發的殺機衝突，但是，背後恐怕另有不爲人知的一面。」他搖頭晃腦，像個老學究。

不爲人知的一面？那是……

難道是趙超爲了謀奪什麼鉅大的利益，買通了江長賢，手足相殘……

還是方哲珍唆使江長賢弒夫，再把全部的責任推由江來揹……

可是，這樣的話，江長賢大可把事實說出來……

不行，那樣的話江長賢自己還是有罪的呀……

我用指節敲敲頭，陷入一連串苦思不得其解：「不為人知的一面到底……？」

咦，文石哪去了？

可惡，他每次都只放一點，再利用我恍神的時候逃開。

9

星期五；地方法院刑事第一法庭。

「檢察官對於辯護人上次庭訊後，另行具狀要求追加傳訊證人吳萱萱，有何意見？」審判長對被告進行人別訊問後，把文石於開庭前提出的書狀要旨，詢問檢方。

「吳萱萱與本案有何關係？辯護人的調查證據聲請狀上說是與證明被告並非凶手之事有關，是否在拖延訴訟呀？」楊錚語氣中透著不屑。

其實文石把書狀交給我處理時，我看了內容也不解。

「當然不是。」文石回應。

「那爲什麼在準備程序中沒有提出聲請？」法官最怕拖延訴訟，特別是刑事訴訟在實施交互詰問制度之後，所以審判長一聽到楊錚的反應，也免不了提出這樣的質疑。

楊錚果然是地檢署公訴組第一高手。

文石回道：「因爲起訴的相關卷證中，根本沒有關於這個人的資料，不知是否警方在查案時認爲她與本案無關緊要。但是在前次證人郭一聖和方哲珍的證詞中，都曾提及她，因爲是在訴訟進行中發現的事實，又與待證事實有關，所以認爲有查證的必要。」

審判長面露猶豫之色，看看右手邊的受命法官。

「我們的刑訴制度，並非施行起訴狀一本主義，檢察官起訴時所檢附的證據資料都是對被告不利的，所以，對被告有利的證據或證據方法，辯方通常是在訴訟進行後陸續發現，才能提出，而且也必須提出，否則豈能讓全部的事實呈現在法官面前？」文石再加強聲請的理由。

「謝謝庭上。」

受命法官低頭與審判長交談了幾句；審判長點點頭，「那我們准許下個庭期傳訊。」

「你同時還要求傳張澤水爲證人？」審判長翻閱文石提出的調查證據聲請狀。「檢察官有何意見？」

「不同意！」楊錚口氣強硬；「張澤水又是何方神聖？先前的證人哪位提到他了？又與被告是否行凶何干？」

「辯護人？」

「庭上，若照證人郭一聖、警員力義、邱品智的證言，案發後並無其他的嫌犯從被害人的住處離開，只有被告一人被發現，事實上，被告也承認他在最接近案發的時間，曾自案發現場離開，所以，才被檢方認爲涉嫌重大，對吧——」

「不是最接近案發的時間，是案發當時他就在現場！」楊錚插嘴吐槽。

「好，就算案發當時被告是在現場，但他否認下手行凶，辯稱只是和被害人大吵了一架就離開了。如果被告所辯屬實，那會不會有另外一個人也在現場而沒有被發現？這個人會不會才是眞正下手的人呢？」

「辯護人是說張澤水才是眞凶？」

「我是說張澤水應該可以證明眞凶另有其人。」

審判席上三位法官不約而同把目光射向文石，文石的表情看來已相當有自信。

「好吧，准許傳訊。」審判長下了決定。

「謝謝庭上。」

「下次的庭期定在——」

步出法庭，徐涵妤又靠了過來。

「文律師，你已經知道誰是眞凶了嗎？」

「哦，還不確定，但是，已經有一個方向了。」

「可是，剛才看你在法庭上的說法，好像很肯定。」

「如果不肯定，怎麼能說服法官們。」

「這麼說，我先生是有救了？」

「我盡力。」

「那個張先生是誰？他能證明我先生是清白的？」

「他只是證人之一，只能證明一些間接的事實。」

「那到底誰的證詞才能證明我先生是清白的？」

「嗯，我認爲是方哲珍的證詞。」

「文律師，你是不是搞錯了？」徐涵妤一臉疑惑：「她不是恨我先生恨得要命，怎麼可能會證明他是清白的。」

「我直接告訴妳吧，我懷疑她就是眞正殺死李俊的人！」

徐涵妤一臉錯愕，「怎麼……」

雖然我知道文石懷疑全案是方哲珍搞的鬼，但聽他直接說出他的懷疑，我的心依舊怦然一跳。因爲，有太多的點說不通、不合理，如果她眞的是凶手的話。

「我知道妳覺得很奇怪，但因爲這只是我合理的懷疑，下次開庭的程序中，我要證明給法官看，能不能救得了妳先生，那時候才知道。」

徐涵妤咬了咬下唇：「那，一切就拜託文律師了。」

*　*　*

星期天的墾丁，台灣最南邊的熱帶海洋樂園。

對於我這種每天躲在冷氣辦公室、穿梭在水泥大叢林的城市上班族而言，這裡眞的是天堂。

下了車，我和小蓉忍不住尖叫出聲。

小灣海水浴場像仙境般的藍天、像神祕寶石般的大海，已經令我們每一根神經都興奮起來。閃耀著金黃色貝殼沙的美麗沙灘，更是有著無比的魔力。

我們是用跑的衝向海邊，把手上的行李拋向身後，我直接躺在柔軟的沙灘上打滾。帶著狂野氣息的海風吹在身上、臉上，一點也不覺得太陽有多熱，舒服極了。

我和小蓉高興地大笑起來，才不管旁人的眼光如何，放聲尖叫。

「我明天會先去，妳一定要來喲，不然會對不起妳的學姊的。」我星期五晚上要下班時，文石還從他的辦公間探出頭來叮嚀道。

當時我累得精疲力竭，只想趕快回家泡在浴缸裡。又想到墾丁的太陽一定毒辣，有傷皮膚，所以對於文石的叮嚀，滿心厭煩。

正當我理都不理他，逕自踢著高跟鞋走向電梯，身後又傳來他一句：「不來妳一定會後悔的。」

本小姐最討厭後悔的感覺。他這句話，就如同對我施催眠一般，所以心中縱然百般不願意，卻也還是拎了簡單的行李搭上往屏東的飛機。

但現在——

「香蕉船！」我和小蓉齊聲叫出。

跟業者講好價錢後，我用最快的速度把身上的T恤短褲脫掉，全身只剩比基尼泳衣，就朝迎面而來的海浪衝過去。

我瘋狂地玩香蕉船、水上飄、水上機車；直到中午了，才滿足地上岸。

往大陽傘下一躺，肚子就發出饑餓的叫聲。

「喂，我們好像跟文旦約十點見面的。」

我用大毛巾擦拭頭髮：「誰管他，來了不先下水玩，肯定後悔。」

「可是我肚子餓了，這裡有什麼好吃的？」

「不知道耶，我上次來是小學的畢業旅行，這裡變很多了。」

我從包包裡拿出手機，按了文石的手機號碼。

「喂？石頭哥，人家是小優啦，你怎麼還不來接人家？」我嗲聲嗲氣，極盡做作。

小蓉見狀，嘻嘻竊笑，我也極力忍俊。

他怔了三秒才反應過來：「別鬧了，妳們在哪裡？」

* * *

我們搭飯店的小巴士到南灣路上，找到文石在電話裡說的那間小館子。

在門口張望了半天，沒發現他的蹤影。

我按了手機，幾秒後接通，卻在身邊聽到他的手機來電答鈴聲。

「喂？鈴芝，妳們到了？」

「你在哪？」我聽到了他在手機外的聲音，卻找不到人。

「在這。」

我和小蓉循聲回頭，他從我們身後一輛停在路邊的小轎車邊冒出頭來，像幽靈一樣，身上還滿是髒污，著實嚇了我們一跳。

「你趴在地上幹嘛？」

「我在查案。」

「查案？來這裡查案？」我發覺那輛小轎車是豐田雅綠絲；「難道這車是吳萱萱的？」

「應該不是。」他起身，拍拍膝上的塵土；「妳們餓了吧？」

他領我們走向一家小館子。

皮膚黝黑的老闆露出雪白的牙齒，熱情地招呼我們，看來他和文石很熟。

不一會兒，桌上擺滿了海鮮佳餚，但是每一盤的量都只有一點點。

「這些菜好好吃喲，可惜太少。」我嘟著嘴，邊嚼邊說。

「是我叫老闆份量減半的。」

「哇，原來你眞的小氣。」小蓉睜大了眼看著他。

「什麼小氣，妳們要是吃太飽了，待會兒下水潛水就全吐到海裡去了。」文石的目光不知在看什麼；「先委屈妳們不要吃得太多，晚上再請妳們吃更好的。」

原來如此，還是文石設想周到。

「說眞的，你們怎麼會想到來這裡潛水的？」小蓉問。

「我可是犧牲了一百萬元哪！」我想起趙超懸賞一百萬元的期限，今天是最後一天。

「出賣別人的隱私拿一百萬元，不道德吧。」

「除此之外呢？」

「他也夠可憐的了，每天忙成那樣，來放鬆一下不過份吧！」

「也是啦。」

「我是來查案的。」文石回應道，目光還是看著遠方。

「查案？查到海底去？」

「難道凶手是鯊魚黑幫？還是證人是小美人魚？」

我和小蓉笑出聲。

但是文石默不作聲，表情有些奇怪。

我循他的目光方向搜尋——原來他望著店門外停靠在對街邊的一輛綠色流線跑車。

咦，不對，他是注視著站在跑車旁的一位女子。

大草帽、大墨鏡，上身比基尼、下身花布圍裙，身材凹凸有緻，唇上的口紅鮮豔欲滴。

唉，說什麼請我們來潛水，原來是項莊舞劍，男人呀男人。

「喂，如果你要追那個超級辣妹，就別只呆坐著，拿出點男人的氣魄給我們看吧。」

「什麼呀！」文石給我一個白眼；「從我來到墾丁，就發現她一直跟著我。」

「是你跟著她吧！」

「你不是天下奇帥，她看起來也不會是沒人追的花痴妹，有這種好事？」我又望了門外一眼，那位女子突然上車並把車開走了。

「哎喲，她該不會是網友小優吧？」

「咦，追到這裡來了？」

小蓉連忙起身往外觀望，但已不見大草帽小姐的蹤影。

「說不定是文石把人家約來這裡，又沒有勇氣見面。」

「眞的嗎？太沒出息了吧！」

「身材很好、又開跑車，條件不錯呀。難道要我們陪你壯膽你才敢出面？太好笑了吧。」

我和小蓉輪番胡猜取笑他。他低著頭當作沒聽到，啜著碗裡的牡蠣湯。

飯後，文石開著租來的車，載我們到後壁湖遊艇港。

幾艘漂亮的遊艇停泊在小碼頭邊，有更多的遊艇已經在遠方的海面上。我們登上一艘名爲「碧波九號」的小快艇，是文石租的。聽文石說，船長是專門帶遊客去潛水看珊瑚的。

小艇駛離岸邊，往南迎風破浪。

一路上，和船長聊哪裡可以看到最佳的珊瑚美景。

船長有些抱怨，說是近年來遊客大增，愈靠近海岸的海底，珊瑚被破壞的情形就愈嚴重，幾乎已經沒啥好看的了。

所以他建議我們到較遠的地方，而且要潛水到較深的位置，才會發現較完整的珊瑚奇景。但是租金要再加一半。

文石同意，船長就以極快的速度把船駛向東邊。

在艇上，我們換上蛙鞋、防寒衣。

約幾十分鐘後，海岸線已經遠得只剩天邊一條線了。

我們接近幾艘已經停泊在海面上的遊艇附近。

「從這裡下去，往北游，一路上的海底會帶給各位驚奇的。」船長把引擎關閉，沒有吵嘈的機器，耳裡只剩空盪的海風聲。

我們三人戴上面鏡、揹上小氧氣瓶。

「半個小時要上來一次，記得要帶照相機。祝各位愉快。」船長點上一支菸，坐在船舷提醒我們。

我把呼吸管嘴咬住，正檢查繫在腰上的相機，文石已經噗通翻身下水了。

一分鐘後，我和小蓉也翻身下船。

轟隆一聲，耳膜裡盡是水聲。

視線在水花波濤中恢復，就彷彿到了另一個世界。

文石游在前面，我和小蓉併身在其後約幾十公尺的位置。

海面下遠方還有幾組遊客的身影；看來這一帶是只有識途老馬才會來的。

約莫游了五分鐘，眼前的景象讓我的瞳孔不自覺放大——

太美了！一大片五顏六色的珊瑚出現眼前，許多小丑魚悠游在其間，更多不知名的熱帶魚也穿梭在我們身邊。海面上射下來的陽光，更助長這片海景的繽紛絢麗……

眞是太美了！如果不是必須咬著呼吸管嘴，我眞想放聲尖叫、讚美造物主的神蹟。

心中爲這片從來未曾親眼目睹的奇景悸動不已，我覺得眼眶中有熱淚因感動而噙著，過了好幾分鐘，我才想起，趕緊抓起腰上的相機猛拍。

眞是太感謝文石了，若我沒聽他的話而錯過這樣的經驗，將會留下這輩子最大的後悔。

身邊的小蓉拍拍我的肩，比了個要我幫她和珊瑚一起拍照的手勢。

之後我們互相拍照。我忽然想起這些照片中有一些可以傳給羅宇萍看，證明我不是騙她的——應該說證明文石不是騙她的。

但繼而又想：唉，如果是因爲這個原因來拍照，就有點悲哀了，幹嘛爲了一個我們都不太了解的人這麼盡心盡力呀！

我們又往前游，發現更大片的血紅色珊瑚礁，興奮到在水中手舞足蹈，趕緊又互相拍照。

身後這時竟然出現一隻好奇的小海豚，在我身邊洄游試探，讓我興奮不已；小蓉見狀，連忙按下快門。

我伸手輕拍小海豚，小海豚竟也點頭回應，眞是太可愛了！

就在此時——

原本應該對著我和海豚拍照的小蓉，出現奇怪的表情——

透過她的面鏡，我看到她驚恐的眼眸！

我回頭循著她的目光方向。

是文石——！

文石藍色防寒衣的身影被兩個身著黑色防寒衣的潛客蓋住，他的兩手猛力掙扎，但那兩個傢伙制住他——

這是怎麼回事？我怔住，完全沒有辦法立即從剛剛愉快的心情中馬上抽離、體會出發生了什麼事……

其中一個黑衣潛客突然把文石背後氧氣瓶上的氣管拔掉，一大片的氣泡水花馬上把三人包圍，另一個傢伙則拔掉他口中的管嘴，還把他的頭往珊瑚礁上推去，手中則揮著一件發亮的東西——是匕首！

我驚駭莫名，喉部發出嗚地叫聲……

三個人在氣泡水花中旋轉扭打及拉扯！看見此情，我也慌張起來完全不知所措，也許是手指緊張到不自覺地連按數下快門，發出閃光燈，引起了其中一名黑衣潛客的注意，可能是誤以爲有人在拍照存證，才給他的同伴打了手勢，兩人這才鬆手，急急往另一方向游走。

文石在扭打時嚴重缺氧的情形下，突襲者一放手，本能地急速往海面上衝，企圖在溺斃前趕緊吸進一口海面上保命的空氣。

我和小蓉也馬上往海面上游。

文石的腰間跟著一條紅色絲帶漂出，讓我心頭一緊……該不會是血吧……

*　*　*

衝出海面，小蓉立即向「碧波九號」大聲呼救。

我立即游向文石，他大口大口呼吸著。

我把自己的管嘴給他，他猛力吸一口氧氣，因缺氧痛苦的表情才稍稍紓緩，但是他發紫的臉色仍然很可怕。

他向四處張望，眼球佈滿血絲。

遠處兩個揹著氧氣瓶的黑衣潛客，匆匆爬上一艘白色快艇，隨後快艇急急駛離。

文石用手指了那艘快艇，我極盡目力望去，只看到「翔鵬」兩個字。

「碧波九號」駛近，我和小蓉先爬上船，船長還笑著說：「你們才下去十五分鐘，瓶裡應該還有氧氣，為什麼這麼快——」

但是，當他見我們把文石拉上船，從文石身上滲出的血迅速把甲板染紅的情狀，就立刻發現有異，旋即去發動引擎。

「跟著那白色快艇。」文石摘下面鏡，一手捂住腰際。

「它太快了，我的船馬力不夠。」船長皺起眉。

我把放在船上的隨身包打開，拿出手機撥打一一〇。

文石拿起他自己的手機。

身邊的甲板上已渲染了血；他的表情極度痛苦，發抖的手指按選了相片。

我知道了他的用意，把手機搶過來，按著左右鍵搜尋，然後問他：「是這輛車嗎？」

他點點頭。

手機的螢幕上是那綠色流線跑車！

船長把馬力開到最大。岸邊上，閃著紅色警示燈的救護車和警車已經等在碼頭外了。

文石被抬上擔架床上，醫療人員剪開他身上的防寒衣，他的腰上出現一道可怕傷口，顯然是被匕首劃開的，還湧著大量鮮血……

「馬上送醫！」救護車的門碰地被關上，揚著警報器刺耳的聲響呼嘯而去，我的心也隨之砰地狂跳。一陣驚恐襲來，讓人有喘不過氣的窒息感，我不禁雙臂環抱，用力搓揉皮膚上因驚駭直豎的寒毛。

10

文石被緊急送往屏東的醫院進行手術，術後徵得醫師同意，轉回到台北的醫院進行後續治療。他下午才轉院進來，晚上林律師就帶著許律師、白律師和我一同前來探望。

「我已經私下拜託邱品智警官盡全力調查了，相信很快就會把凶手抓到。」林律師握住文石的手，很認眞地說。

「眞不好意思，其實我的傷沒有什麼，很快就能回去上班的。」文石好像很不習慣老闆用這麼關懷的態度慰問他，顯得有點兒靦腆。事實上，若不是文石發生這件事，我從來也不知道老闆這麼關心他，也許覺得他是幫忙賺錢的無敵鐵金剛，突然倒下，多少會有些擔心也說不定。

「你是哪個案子在開庭時得罪了什麼當事人、才遭報復的嗎？」白律師也表示關心；「不過，印象中，你的言詞辯論，向來不曾人身攻擊呀。」

「也許哪個案子勝訴了，對方不滿而來報復也說不定。」許律師也發表意見。

「不知道耶，手上的案子這麼多，很難確定是誰。」

「只要有懷疑的，都要提出來請邱警官去查，知道嗎？不能讓我們律師沒有安全的執業環境。」

林律師看來耿耿於懷。

「我會努力想看看的。」

我們又七嘴八舌說了一堆關懷和慰問的話，文石只是傻笑以對。

林律師交代許律師與白律師，在文石住院期間，要分擔所承辦案件的出庭事宜，直到文石康復回來上班爲止。才交代完畢，身後出現一個聲音：「總算說了一些有良心的話。」

我們回頭，是一個身形嬌小、眼睛又大又圓、長相可愛的小護士出現在門口，手上還推著小藥檯車。

我們面面相覷，不知其言何義。倒是她吸了吸嘴：「抽血檢查的結果，他的肝指數偏高，但是問他，他又說從來不喝酒、不打麻將、不熬夜泡網咖，那準是工作太忙的結果了，若是正常上班族，哪能累成這樣？還不是遇到了刻薄的雇主、沒義氣的同事？」

哪來的小辣椒？林律師的臉色一陣陰晴，我們也不知如何應對，林律師、許律師與白律師只得趕緊表示還有其他的事要忙，要文石安心休養，就紛紛閃人離開。

「吃藥。」小護士從推小藥檯車上拿起藥丸遞給文石。

「不是肝指數偏高嗎？再吃藥不會增加負擔嗎？」

「你可以不吃，待會兒就把你綁起來打大筒的針。」

文石不敢再耍貧嘴，趕緊和水吞了它，畢恭畢敬的。

「三分鐘內要休息，不可再說話了。」語畢她就推著藥檯車走了。

這……是說給我聽的嗎？

我確定她遠離病房了，才敢再開口：「好嚴格的護士呀！」

「有這位大眼美眉照顧，我會很快好起來的。」他苦笑。

「要我通知你的家人嗎？」

「不用了，醫師說我三天後就可以出院了。」

「這下好了，不婚主義者，沒人幫你推輪椅了，怎麼辦？」

「喂，妳是來探望我還是來嘲笑我的。」

「你何不趁此體會一下，有結婚是否比沒結婚好。」

「我可沒有說結婚一定不好，也沒有說不結婚一定比較好吧。」

「說眞的，你到底是得罪誰了？」

「……」

「少來了，我知道你一定有懷疑的對象。你別以爲你的助理只是花瓶。」

「呃，我猜我是因爲拿了不該拿的東西，可能惹惱了誰。」

「你拿了什麼要命的東西？」

「薄薄的一片，而且幾乎讓人感覺不到它的存在的一片——」

「什麼！你——」我壓低了驚呼的聲音，「你幹嘛偷女生的衛生護墊？」

「……我說的是一片光碟。」

我低下頭迴避他可能取笑我的目光：「那是什麼鬼光碟。」

「是飛珣公司今年六月二十五日舉辦的新裝發表會現場實況錄影紀錄片。」

「咦，你怎麼拿到的？」

「我花錢跟公司的資訊室買的，反正是新裝發表會的錄影，只要說自己是時尚記者，想要做一些新裝的報導，在報導兼有宣傳效果的情形下，就不容易被懷疑了。」

「有什麼發現？」

「重大發現。」文石的眼中綻射出亢奮的光芒，他壓低聲調說：「方哲珍在整個時裝發表會的中途，曾經離開過五分鐘。」

「離開五分鐘？」

「嗯。」

文石注視著我，意思是：妳應該知道是怎麼回事了吧？

離開五分鐘？這樣啊……

方哲珍曾在時裝發表會的中途，離開五分鐘……

離開五分鐘是表示她去哪裡？去廁所？去補妝？去打電話？

去廁所小便或是去補妝，都和本案無關，唯一有關的是打電話！

那她是打給誰？是指示什麼人對李俊下手嗎？

如果是指示行凶，爲什麼一定要在這五分鐘裡……

文石還在用力看著我，我的腦袋也在用力地運轉，想在最短的時間內參透文石的重大發現。但是

——

「命案是在這五分鐘內發生的？」我居然故作聰明沒有直接問他方哲珍到哪裡去了，還假裝已經知道其中的關鍵，以致後來的發展讓我懊悔得要命。

「不是。」

「是她去殺了李俊？」

「沒錯。」文石把身子往背後豎立的枕頭靠，伸了個懶腰：「所以，我愈來愈有把握了。」

「可是，這和你在海裡被人刺的事情，有什麼關係？」

「她已經知道我知道啦，所以，換成妳是她，要如何阻止我把眞相說出來？」

「所以——」我睜大了眼，不由自主把嘴捂住；「是她在海裡對你下手？」

「不是，但應該是她教唆別人對我下手的。」

「所以，那個跟蹤妳的辣妹——」

「也是她的人。」

「她的人？方哲珍到底是個怎麼樣的女人，難道是混黑社會的嗎？不可能吧。」

「不是，她是女王一個，自有自己的王國，但不是黑社會。」

王國？文石的話引爆我排山倒海湧起的思緒，讓我一下子抓不到方向……

突然，另一個人的話插進我的思路中：她呀，女王一個。

這是誰跟我說過的呀……

誰說過的呀……

「三分鐘到了，請熄燈！」一個口氣極爲嚴峻的聲音突然出現背後，嚇了我一跳。

「你還需要我幫你帶些什麼來嗎？比如說吃的？」我趕緊起身。

「花生汽水，去冰。」

「少噁了。」我笑出聲。

「光碟放在我車上的藍色文件夾裡，妳幫我把她離開的時間與回來的時間作成譯文，我出院後要立刻呈給法院作爲證據。」

這時的我和文石，作夢也想不到他不必三天就出院了。

我在小護士如冰山般冷峻的目光注視下，只好匆匆留下一句「保重」，就起身離開病房。

*　*　*

出了醫院，我把車直接開到松山機場的停車場。

在墾丁的時候，文石曾說他也是開車到機場搭飛機南下屏東的，所以他的車一定還留在機場。

因爲工作上的需要，平常我就有一支他車子的鑰匙。

在停車場裡，我找到了他的小白。

但是我拿著鑰匙的手卻懸在半空中發愣——

小白的右側車窗玻璃破碎散滿一地！

右座前方的置物箱被人撬開，裡面哪裡還有什麼藍色文件夾！

我連忙以手機和文石聯絡。

「早料到對方會出這招，還好我預先把內容作成影音檔，寄到妳的信箱裡保存。妳就進電郵信箱去下載。」

返回辦公室，我立即上網進入電郵信箱，把他寄的來檔案下載並燒錄成光碟。

雖然文石說偷光碟的人一定戴了手套，不必追究了，但是我還是撥了手機報警，並指名找邱品智。

「這次你們恐怕又冤枉人了，眞凶應該不是江長賢啦！」

「就算文律師遇到了這些事，也不表示李俊命案的凶手就一定是別人吧！不過，我還是會派人去文律師的車上採指紋的。」

警察就是這樣，宣布破案時總是神采奕奕，腰直胸挺的英雄樣，事後卻發現自己破的案子抓錯人，那就只剩下糗字而已。

所以要警方主動承認抓錯人，是違反人性的要求。

回到家裡，我馬上洗了個澡，希望能洗去一整天工作的勞碌，讓腦袋清醒。之後頭髮都還沒吹乾，就迫不及待打開筆電。

光碟被程式打開，第一個畫面是標題字幕：「飛珣服飾公司新裝發表會」、「六月二十五日下午四點三十分至六點三十分」。

第二段畫面是一輛接一輛名貴轎車停在紅地毯前，許多男男女女從車上下來，字幕打出身分是設計師還是模特兒。其中一位戴著黑色小呢斜帽、黑色墨鏡，身著那套被我戲稱爲鳳梨裝的女人下車時，周圍響起最多掌聲。字幕打出：「總設計師方哲珍」。

第三段畫面的場景是我曾去過的聖心西亞大飯店的風尚廳。

那些身著華紗美服走來走去的女模已經引不起我的興趣，我的目光焦點集中在伸展台下的貴賓席。

四點三十分開始，先是主持人介紹公司的營業規模、遠景、有多少傑出的設計師云云，一堆例行的歌功頌德，這樣就花了快十分鐘。由於鏡頭不時會轉向台下的貴賓席，我很快就找到了方哲珍。她坐在貴賓席裡，桌上是她的名牌：「總設計師方哲珍」，這時已換了一襲黑色套裝，還戴著黑色小呢斜帽、黑色墨鏡，臉上濃妝豔抹，看起來很酷。

接著主持人介紹今天展示新品的幾位設計師，並以誇張的形容詞、高昂的語調，把設計師的代表作品及引人矚目的成績宣揚一番。被介紹到的設計師會舉手微笑，或向會眾席上點頭示意，會眾席上也因而傳來掌聲。

其間鏡頭多次帶到方哲珍，她被介紹到的時候，也微微頷首，表情依舊一副冷酷踐樣。

二十分鐘後，走秀正式開始。由於方是飛珣的首席設計師，所以接下來的三、四十分鐘裡，她曾多次入鏡，根本沒有離開過座位。

一直到五點四十五分左右，一個鏡頭帶到她在起身離席。這時台上的女模還在款款擺姿展示著新裝，並不是休息時間。

五點五十分左右，她那黑色身影出現，向鄰座的人微微點頭致意，就又返回座位。

我按下暫停鍵，把畫面止住。特別睜大了眼注視她一分鐘：黑色套裝、黑色小呢斜帽、黑色墨鏡，臉上濃妝豔抹。沒錯，應該是她。

咦，離席又就座只有五分鐘？這樣的時間夠她從飯店跑出去、殺了自己的丈夫，再從容回座嗎？只夠去尿尿吧？頂多再快速補一下臉上的妝而已吧？

殺人案發生當時的時間，依郭一聖、力義、邱品智的證詞，都是指證在五點三十分發生，那麼——

我把光碟倒回去看，畫面在五點二十五分、五點三十分、五點三十四分各有一次帶到方哲珍，她不動如山地坐在原位，哪有跑回家殺人的情形？

我再耐著性子把光碟看完。雖然中途鏡頭都是跟著女模跑，但是因為方哲珍的座位在伸展台邊最顯眼之處，而且鏡頭隨著女模帶來帶去總是會帶到她入鏡，也就是五點五十分之後她再也沒離席了。

看到最後，我更確定她不可能有機會在發表會中途離開去殺人，因為在六點二十五分的時候，所有服裝展示結束，在會眾的掌聲中，她還上台說了一段創作理念之類的話。

那聲音，我確定是方哲珍，不是別人。

怪了，文石為什麼這麼肯定……。

我把畫面上的時間配合出現的內容，作成一份譯文摘要；這譯文可是律師在提出錄音、錄影為證據時必備的武器，是否足以使承審法官對內容感興趣、認為與案情重要待證事實有關，就看它了。

但是我一邊打字，一邊難解心頭謎團：文石為什麼能這麼肯定她是凶手，只憑這片光碟……？

對我而言，世上有兩件事是會難過到無法入睡的：一是失戀，一是心中有疑問難解。

所以我馬上撥手機。

文石的手機有響，但是沒有接，所以最後自動轉接語音信箱。

是睡死了嗎？還是大眼妹護士拿一支大筒針威脅他要是敢接就插下去？

算了，明早直接殺到醫院問個明白。

結果，事後我真後悔當時沒有馬上衝到醫院。

因為天一亮，我趕到醫院衝進外科病房時，卻發現文石已經人間蒸發了！

11

我在清晨六點衝進文石的病房時，病床上空蕩無人，只有略顯凌亂的被單。
我瞄了一眼浴室，門沒關，裡面也沒人。
這麼早起去找蟲吃？
我到護理站詢問，護士低著頭在寫些什麼，胸前的名牌上印著「吳小欣」，不是昨晚那個大眼睛護士。
「請問，二〇九號的病患是去作什麼檢查了嗎？」
她頭也沒抬就應我：「這麼早，怎麼可能！」
「是他的家人帶他出去吃早餐？」
「他是訂院內的餐，早餐要七點才送病房。」還是沒抬頭。
我沒好氣地再問：「那他是出院了，還是被推進太平間了？」
她聽出我語氣裡的不滿，終於抬起頭：「妳不要詛咒別人嘛！他昨天下午才送進來，怎麼可能半天就出院。」

一陣不祥的感覺突然襲向心頭。

她應該看出我的神情有異，起身快步走進二〇九號病房；幾秒後她衝回護理站，抓起桌上的電話開始聯絡。

幾分鐘後，醫院的兩個行政人員和昨晚那個大眼睛護士匆匆出現。

四個人緊張地七嘴八舌，討論出的結論是：名叫嚴憶的大眼睛護士是在清晨五點和吳小欣交班，交班前的四點五十分她還盡職地巡了一次房，當時文石還在病床上。五點她下班離開，吳小欣坐進護理站，就開始低頭整理病歷，直到六點以前她都沒發現有人進入文石的病房，也沒見到文石離開。

「中途妳有離開護理站嗎？」我忍不住插嘴。

「啊！我在五點半左右，曾去洗手間大約兩三分鐘！」

「快調監視器的錄影吧。」

「也許他是自己到醫院的哪裡去逛逛而已，小姐，應該不用這麼緊張吧。」戴著重度近視眼鏡的行政人員還企圖化解我的不滿。

「他是被人殺傷才住院的，他可能是在你們醫院的疏忽之下失蹤的，如果他的家人要追究責任，不知是你、還是吳小姐要承擔？」

眼鏡男立即帶我和吳小欣、嚴憶到一樓的行政管理室，從電腦裡調出二樓的監視器錄影紀錄。

電腦畫面上在清晨五點三十五分時，吳小欣果然起身往廁所方向走出了畫面，幾秒後，兩個身著白色長袍、戴著口罩的人走近護理站，在櫃檯上找了一下病房名牌，就步入文石的病房。

接著出現的畫面，讓我大爲震驚：文石被這兩個醫事人員打扮的傢伙架著拖出病房，快步離開。

「爲什麼你們醫院值夜班的護士只有一個人呀！」

「不好意思，另一位同仁請假。」吳小欣臉色緊張說不出話，嚴憶幫她回應我嚴厲的詢問。

畫面調換到醫院大樓門口：在五點四十分左右，文石頭低低地坐在一張輪椅上，被那兩個白袍人推出來，看來他似乎沒有知覺了。

一輛休旅車快速駛近，文石又被架上車。之後車子駛出監視器的視角範圍，畫面上只剩那張輪椅被拋在牆角，孤伶伶的。

「快報警吧！」我急得大叫。

＊　＊　＊

「怎麼可能？太誇張了！」白琳失聲叫出。

「我向老闆報告，他也很震驚，已經跑去找邱品智了解案情了。」

「囂張，太囂張了，這種事一定只有黑社會才做得出來。」

「可是文旦說不是耶！他懷疑是方哲珍。」

「那個服裝設計師？邱警官也這麼認為？」

「他說他會去了解，但也是滿臉的不信，因爲文石畢竟只是猜測和懷疑而已。」

「所以只要她否認，搞不好邱警官還會被她嘲諷一番？」

「誰管他被誰嘲諷，」邱品智平常講話也老愛冷嘲熱諷，我心想就算他被別人嘲諷也未必不是壞事；「現在的問題是，文石到底能不能平安回來，還有，江長賢的案子幾天後就要開庭了，文石若不能及時被找到，妳要上場代打的。」

「這……」白琳臉色凝重，「這要靠妳了。」

「靠我？」

「妳要把文石告訴妳的、還有妳所知道的，通通都告訴我呀！」

我馬上跑回辦公室，取出案卷，把自己所知道的案情從頭到尾鉅細靡遺說出。

十分鐘後，白琳的臉上還是柳眉深鎖。

「整個案子聽起來，目前至少有三個問題狀況不明。第一，怎麼證明李俊是被自己的妻子下手殺死的？光從現場二樓的牆痕攝影光碟，就能證明嗎？第二，如果文石的判斷是事實，方哲珍的殺機是什麼？第三，也是最無法解釋的，方哲珍行凶後，凶刀爲什麼卻是出現在江長賢的家？難道方哲珍會隔空取物置物……」

這些疑問，我也如墜五里霧中，所以無法回應她任何一語。

文石失蹤前最重視的，是他從飛珣公司所取得的新裝發表會錄影片。

「如果照文石的看法，他似乎是認爲方哲珍在離開的那五分鐘內，曾去指示什麼人下手行凶……」

「但是，行凶者如何躲過案發現場大樓的監視器及管理員？最重要的是，李俊何以會讓凶手進入屋內予其可趁之機……」

「不對，只有方哲珍自己去下手，才能順利得逞。」

「但是，依警員力義的證詞，他沒有看到電梯裡的監視器有拍到方哲珍的身影。」

「而且，方哲珍在發表會上還發表了最後的感言耶。」

「那個泥水工人張澤水呢？文石的意思是他可以證明方哲珍在案發時曾出現在現場？」

「如果是這樣，方哲珍如何能在五分鐘內來回，她不是只離開了五分鐘而已嗎？從發表會的飯店到威遠大廈，就算飛車一路闖紅燈也不能來回呀！」

我們又討論了半天，還是沒有具體結論，最後白琳的一句話，終於引爆了我所有的懊惱。

「如果昨晚文石有告訴妳他如何識破她的詭計就好了。」

如果昨晚我有直接問他就好了。

我狠狠跺腳，地板上發出叩的一聲，又脆又響。

＊ ＊ ＊

之後的五天，文石仍然是下落不明。

警方調閱了醫院周圍的路口、超商、大廈騎樓所有的監視器錄影紀錄，只發現那輛休旅車的車牌上掛了一塊黑色的布，所以去向和車主的線索均不明。

「我們警方會盡全力搜查的。」五天以來邱品智的回覆都是如此。

我忽然想到自己好像也常跟當事人說：律師會盡力的。

沒把握的時候都是這麼說的嗎？

林律師身爲老闆，文石發生這種事，壓力也很大。

「把他的人事資料找出來，通知他的家人吧。」林律師面露愁容。

我從置放人事資料的檔案櫃裡，翻出文石剛進事務所時所留的人事檔案，才打開，就傻眼。

他的履歷通訊處是寫自己的租屋處，沒有留任何關於家人的資料，自傳裡也根本沒提及家裡有些什麼人。

自傳裡寫了很多人生觀、理想抱負之類的，最感興趣的居然不是法律，而是文學、命理、心理學和花生米。

我是該哭還是該笑呢？

白琳是他的大學同學，以為能從她那裡得知什麼線索的。結果她回憶了半天，也只有：「呃，印象中他在校時總是獨來獨往的，好像是從高雄上來讀書，畢業後就留在台北工作了。」

原來文石本身也像一個謎，總是讓人看不清、猜不透。

* * *

吳萱萱坐在證人席上，表情狀似鎮定，但她的手不自覺在大腿外側輕搓著。甚至在宣讀證人結文結束後，還一度用眼角偷瞄坐在旁聽席上的方哲珍。

審判長請辯護人席上的白琳行主詰問。

白琳先建立起證人的背景事實：證人是在飛珣公司擔任設計師、年資很淺只有兩年，方哲珍是證人的上司、是公司的總設計師，李俊則是公司的總經理，總經理是怎麼被害的證人稱並不知道。這些問題都沒有什麼威脅性，吳萱萱回答起來神色自若，輕鬆以對。

接下來白琳把問題轉入重點，這些問題是文石失蹤前在案卷裡的案情摘要筆記裡臚列的。

「吳小姐，妳和妳們總設計師的交情如何？」

「交情？很平常呀，就像上司與下屬的關係而已。」

「六月間，妳曾開車載方哲珍小姐上下班？」

「我記得有，大約在六月十九號左右開始，大約有七天是我每天開車載她上下班的。」她的證詞和管理員郭一聖的說法相同。

「爲什麼？」

「她的車子送原廠大修。」

「案發當天也是妳載她？」

「是。」

「爲什麼記得這麼清楚？」

「那天是公司的時裝發表會，而且是最後一天載她，所以有印象。」

「都是妳載她？有沒有她開車載妳過？」

「沒有。」

「妳的車廠牌是？」

「豐田雅綠絲。」

「她從來沒有開她的車載妳？」

「沒有。她是我的上司主管，哪有下屬讓上司開車的道理。」

「那麼，爲什麼我們會掌握到妳在她的車上的照片？」白琳把卷宗證物袋裡的照片舉起。

通譯上前把照片先遞給法官過目，再交給吳萱萱。

那是文石和我亡命飆車所拍到的照片。

吳萱萱的臉色瞬間一變，「……」

我發現旁聽席上的方哲珍臉色也是幾許陰霾。

「可能是我記錯了，應該有幾次她因公事順道載我。」

「也就是妳除了公事上的關係外，沒有跟她還有其他往來？」

「異議，其他的往來是指什麼，提問不具體。」楊錚打斷道。

「異議有理由，請辯護人修正問題。」

「妳和方哲珍除了公事上的往來、與她是上司與部屬的關係外，不曾與她有其他個人的交情或私下的關係？」

「是的。」

「知道她家住在哪？有去過嗎？」

「沒有。」

「有去過她位在中壢市的豪宅？」

「連她家都不知道在哪了，哪知道中壢還有什麼豪宅。」

「是嗎，」白琳再舉起一張照片；「那這張照片又是怎麼一回事？」

「……」

「妳該不會又記錯了吧？」

吳萱萱像被急速冷凍一般僵在那裡。

「……呃，我忘了。」

「我沒問題了。」

「檢察官行反詰問。」

「我沒有問題。」

「對證人所言有何意見？」

「就算證人所述有記憶錯誤、或記憶不清的情形，也與本案無關。」楊錚輕鬆以對。

「嗯。辯護人，本庭也要請教，證人的證詞與本案的待證事實究竟關係何在？」

白琳臉龐上終於滴下一顆豆大的汗珠：「這部分請容最後辯論時再敘明。」

白琳的詰問雖然精彩，但是根本不知眞正的作用何在，只好咬牙苦撐，回答得很心虛。

柚子呀柚子，你趕快平安出現吧！

＊　＊　＊

步出法庭，方哲珍走在前面，臉上浮現一抹微笑。在走廊上還回頭睥睨白琳，那眼神意思是：沒了文石，妳能變出什麼把戲。

可惡，果眞如柚子說的，是她搞的鬼？

「白律師，請問文律師到底去哪裡了？」徐涵妤跟上來問。

語氣裡有興師問罪的味道。

白琳連忙向她道歉，並解釋文石失蹤的經過。

我也幫忙向她解釋，一直強調白律師也很認眞，不會耽誤到江先生的權益。

「可是，我先生的案件開庭在即，文律師怎麼會跑去潛水？他不是應該研究案情，爲出庭作準備嗎？」語氣中還是不諒解。

他說他去墾丁是爲了查這個案件的——雖然文石是這麼說，但這話我說不出口，因爲到底墾丁那裡有什麼線索，我自己都還搞不清楚。

白琳再三向她賠不是，還一再強調今天只是暫時代打，文石一定會在最後辯論時出現的。

「希望是這樣了。」她似乎仍然沒有釋懷，掉頭離去時臉上還是掛著不滿的表情。

「拜託，她以爲這個案子一定能辯到無罪嗎？」我嘟起嘴。

「不管能不能辯到無罪，當事人如果不諒解，也是沒辦法的，畢竟柚子沒能完成任務就忽然失蹤，不能怪人家。」白琳蹙眉：「況且，事涉她丈夫的清白，當然會有比較多的要求。」

「我不是怪她，只是，她好像完全沒有顧慮到妳的感受，畢竟妳表現得也很優呀！」

「我的感受倒是其次，柚子不要出事才好。」

我們才步出法院大門，手機響起。

是邱品智，說是關於文石失蹤，查到一些奇怪的事。

我們馬上把車開往分局刑事組。

推開刑事組辦公室的門，烏煙瘴氣迎面而來，裊裊白霧幻化成一道通往極樂世界的空間，到底會有多少刑警會因吸別人吐出的二手菸而爆肺往生，我很好奇。

邱品智見我們蹙著眉，不好意思地招呼我們到辦公室外的會客區坐。

「今天早上有個清潔隊員在路邊發現了這個東西。」

我這才注意到他的手中拎著一個夾鏈袋，裡面是一支手機。

是文石的手機！

「這是在淡水一個街角的垃圾箱底下被發現的，因爲還很新，所以沒有把它當廢棄物處理掉，反而送交淡水分局招領。那邊的同仁把已經耗盡的電池換過試了一下，還會通，與電信公司聯絡、利用電話內的ＳＩＭ卡追查，發現是文石的。因爲我們在他失蹤後已經先向電信公司要求配合追查發話情形，所以淡水警方知道是我們在查的案子的證物，就送過來了。」

「檢查手機的通話情形，從他失蹤當天起，就沒有新的發話或簡訊記錄。我們立即派人到發現手機的地點附近查訪，有了一些發現。」

他頓了一下，見我們都沒作聲，就繼續說：「警方以發現手機地點爲中心，以輻射狀向外查訪和蒐證，得知文律師失蹤的當天早上，就有早起的民眾目擊在發現手機的街上，有人拉扯追逐，有一個身著睡衣的男子被兩個像醫師的人追，當時目擊者還以爲是發生精神病患者偷跑出院要被抓回的事件。」

文石果然是有病，他得了過度盡責症候群，連受傷住院要睡覺了，都還隨身帶著手機。不過他也常抱怨，有些當事人半夜都還要打電話來討論案情，其實是把他當垃圾筒傾倒面對官司的不安、壓力與埋怨。

這麼盡責的柚子，卻落得這樣的遭遇，……我的眼角不知怎麼地有點濡溼。

「我們調查的結果，確認那位身著醫院患者專用睡衣的男子就是他。推測他的手機是因追逐拉扯而遺失在路邊的。」

「所以他被追到抓走了？」

「我說奇怪的事就在這裡，他逃走了。」

「噯？」我和白琳同時出聲。

「是目擊者這麼說的。」

「不可能吧，他既然脫逃了，第一件事一定是報警，第二件事就是回來上班吧。怎麼會五天了還不見人影？」

「沒錯，我們也是這麼認爲，所以懷疑是否目擊者只看到了前半段，之後他又被抓回去了。」邱品智面露驕傲，一臉邀功的表情：「但是妳們要知道，我們警方可不是妳們律師常在法庭上說得那麼昏庸。那兩個挾持他的傢伙也被我們循線逮到了。」

「逮到了？」

「果然是台灣第一神探！」我故意用誇張的語氣奉承。

「妳終於知道了吧，律師們在法庭上常攻擊我們，對我們警方有太多的誤解了，什麼刑求逼供、什麼辦案草率，太冤枉了。」

「還有，報章媒體也總愛寫吃案的消息，那又不是全部，對不對？這樣對我們公平嗎……」

「其實我們警方總是爲了破案，不眠不休，付出的心血有誰看到了？」

「破不了案就說草率、不辦就說吃案、破案了就是應該，我們警方的苦不是外人所能體會的……」

啊到底是要不要說查到什麼啦！他竟開始喋喋不休自誇功績了。

「福爾摩邱」、「天才神探」、「你的辛苦我們太感動了，如果沒有像你這樣的刑警，台灣哪有治安可言」……叭哩叭啦的我又誇了一大堆，才能把他拉回正題。

「那兩個挾持他的傢伙經我們嚴厲訊問，只承認確實是他們到醫院帶走文律師的，但也是說要把他送到淡水一個租屋處軟禁時，卻被他脫逃，之後就放棄，沒有再遇到他了。不過這是他們的說法，是否是事實，我們還在進一步查證中。」

「說不定文石被他們的同夥帶到別的地方了……」

「他們爲什麼挾持文石？」

「他們兩個平常總是在萬華龍山寺一帶鬼混，是當地艋舺幫的不良分子，都有前科。他們說是有一位不認識的女人主動找上門，給了醫院的名字、地址、文律師的病房號碼，說是只要把文律師帶走軟禁一個月，就可以得到報酬五百萬元。拿人錢財爲人辦事，又不傷人命，所以就答應了。」

「那個女人是誰？」

「還在查，說是戴帽子、墨鏡、大衣，也認不出來，反正前金已經付了兩百萬元，兩人就爽快地依約下手了。拿方哲珍的照片讓他們指認，都說不是，是另有其人。」

「軟禁一個月？江長賢的案子都已經宣判了。」

「難道是爲了不讓他進行辯護？」

「他手上承辦的案件那麼多，很難說是在哪個案件的當事人幹的，我們警方還要逐一過濾清查，明天我會到貴事務所，請沈小姐協助我們清理出可疑的案件，我們一起好好調查一下……」

我們？一起？邱品智看著我，嘴角露出一抹怪異的淺笑……

怎麼我的身邊經常會出現一些蒼蠅……眞討厭！

12

星期一的早上，江長賢涉嫌殺人案在刑事第一法庭裡繼續開庭。

法庭後方的旁聽席上，除了我、徐涵妤和兩個之前就認識的報社記者外，只剩一個衣衫襤褸、滿頭亂髮披肩蓋額的白鬍子老頭垂著頭在打盹，可能是下一件案件提早到庭的當事人吧！

方哲珍今天倒是沒有前來旁聽。

「所以，依你前面的證述，威遠大樓二樓之一的住戶，當天確實是委託你裝璜整修，而你在整修的過程中，曾把大樓右後方小巷的那一面牆打掉，並搭上鷹架、斜模板，以利人員搬運建材進出的需要？」白琳把剛才證人所陳述的證言作一個總結確認。

「是的。」證人是張澤水，雖然年紀只有四十九歲，但可能是長期出賣勞力作泥水工頭的結果，滿頭白髮，身形佝僂，口音帶著雲林沿海一帶的濃厚腔調。

「剛剛審判長有把現場的錄影光碟先放給你看，你也確認畫面上呈現的那面牆，就是當時你和你的工人曾打掉再砌回的牆？」

「是的。」

在詰問前，法官曾命庭務員把法庭內的投影幕放下，當庭勘驗文石所拍回的錄影光碟。這是文石在尚未失蹤前所具狀聲請調查的證據。

「那，現在請你回想，在你施作期間，特別是在六月二十五日下午，除了你和你的工人外，是否還有什麼人曾出現在你的工地現場？」

「我記得有一位身材很高的查某郎，曾經從外面闖進來，再急急忙忙跑出去。」

「你說的查某郎是指女人？」

「是。」

「她從那裡進來？」

「從二樓之一的門外突然進到屋內。」

「再急急忙忙從門跑出去？」

「不是，是從妳剛剛說的那個被拆掉的牆洞，從我們工作所搭的斜模板便橋跑到巷子裡。」

「用跑得？」

「走得，走很快。」

「有注意到她手上拿什麼東西嗎？」

「這就不記得了。」

白琳吁了一口氣，「我問完了。」

「檢方反詰問。」

楊錚抬起頭：「張先生，你說的那個人是長髮還是短髮？」

「短髮。」

「身穿褲子還是裙子？」

「白色的長褲。」

「憑這個打扮，你就可以判斷是女的？」

「不是，她的嘴上有畫紅脂，而且是奇怪的顏色。」

「怎麼奇怪法？」

「……我不會說，很像黑色。」

「你知道現在很多年輕男生也會打扮，也會擦口紅？」

「……好像是。」證人的語氣出現猶豫。

「那你還認爲那個出現在二樓之一的人是女生？」

「……是。」

「所以如果他是一個有擦口紅、有掛耳環的男生，你就有可能誤以爲是女生？」

「……」證人不知如何反應，沉默了半分鐘：「你要那樣說我也沒辦法，我就是認爲那是一位查某郎。」

「好吧，那個你可能認錯是男是女的人——」

「異議！證人已經表示他看到的是位女性——」

審判長：「檢察官，你要我們注意證人有可能誤認性別的用意，本庭已經知悉，請修正你的問題。」

「好。」楊錚一副無所謂的表情：「請問，你知道那個人是從哪裡跑進屋裡的？從電梯？從樓梯？」

「我不知道。」

「那她是從三樓？五樓？還是十樓下來？」

「那時我在屋內工作，沒有看到。」

「那她從牆洞出去下樓後，要往哪裡去？」

「我怎麼可能知道，我又不認識她。」

「我沒問題了。」楊錚往椅背一靠，狀甚輕鬆。

「辯護人有無覆主詰問？」審判長看著白琳。

「請你描述一下那個人的身高？」

「很高，一百七十幾公分。」

「胖瘦？」

「應該是瘦的。」

「除了口紅外，你還有其他的依據來判斷那人是男是女嗎？」

「……啊，她穿高跟鞋。查甫郎是不會穿高跟鞋的。」

「她的穿著呢？」

「全身都是白色的，還戴了一頂白色帽子，頭低低的，很快走過屋內。」

「沒有其他問題。」白琳蹙著眉。我記得文石傳寄給我的時裝發表會錄影檔內，方哲珍是穿著一身黑色套裝，但是證人卻說當天她是穿著白色褲裝……

雖然方哲珍也可能在趕回時裝發表會的會場途中在車上就換裝，以掩人耳目，但是，這怎麼證明呀？

「我沒有覆反詰問的問題。」楊錚臉上露出勝利的表情。

「雙方對於證人證詞的意見？」

「由證人的證詞，可知案件發生時，尚有另外一名女子在場，且於行凶後從證人在施工的二樓之一往牆洞潛逃出去。所以，被告未必當然是本案的凶手。」白琳引用張澤水的證詞辯護道。

楊錚反駁：「證人的證詞根本無法證明該名出現在二樓之一的人是否就是從案發現場而來，且該人是誰？是否確有行凶？如果說是在三樓或五樓被老公會同徵信社抓姦而倉皇逃離的家庭主婦，不是也有可能嗎？」

書記官、庭務員和旁聽席上的記者聞言，爆笑出聲。

「所以，證人的證詞與本案無關，根本沒有證據價值。」

江長賢望了白琳一眼：「我的意見和律師一樣。」

「證人可以請回，記得去領證人旅費。」審判長翻了一下卷宗：「既然這樣，本案我們剩下辯方聲請傳訊的證人徐涵妤還未詰問。下次傳訊後，即行言詞辯論，將本案終結。檢辯雙方應該無意見吧？」

楊錚高聲應答：「同意。」

「沒意見。」白琳的語氣聽起來帶著心虛。

「好，三天後，也就是這個星期五早上九點在本法庭續行審理，退庭。」

剩三天就要結案了？勝利的曙光在哪裡？下了辯護人席的白琳和我對望了一眼，面露無奈。

步出法庭，徐涵妤靠過來。

「白律師，文律師爲什麼還是沒來？」

「我要誠實地告訴妳，我不知道，我們也很擔心他的安危。」

徐涵妤望著我們沉默了半晌，終於下定決心似地說：「我很感謝妳的用心，但是，我認爲文律師沒有爲我先生盡力，希望下次開庭前他能與我連絡，否則我會考慮解除委任。」

錯愕兩個字像背後射來的箭，使白琳和我愣在當下，有十幾秒說不出話、也不知該說什麼。

「我們會盡力……找看看……」她轉身離去，只剩下我喃喃咕噥。

白琳也一臉尷尬，不知該怎麼向老闆交代。

＊　＊　＊

回到辦公室，我們把委託人已經嗆聲要解除委任的事，向林律師報告。唯恐林律師誤會，我再三強調白琳接手後，已經很努力在爲被告辯護。

「原本就已經無罪絕望的案子，加上文律師被人綁走下落不明，如果還要苛責白律師一定要爭取到無罪，實在是強人所難啊。」

「哦，沒關係啦，」林律師看到白律師滿是歉疚的表情，連忙安慰道：「說實在的，這個案子到底是誰介紹來的，我到現在還弄不清楚，記得被告的太太來事務所時，說了介紹人的名字，可我怎麼也想不起來那個名字是誰。」

「慕您的名而來的當事人太多了……」

「哈哈哈哈，也是啦！不過，還好有你們這些能幹認眞的好幫手，不然以我整天沉迷在股海，這麼不務正業，萬一耽誤了當事人的權益，就不是鬧著玩的。」他摸著下巴的短鬚，滿臉不好意思的表情。「所以，比起我來妳已經是很認眞了，不必自責，一切盡力就好。」

律師不怕官司輸，就怕當事人不信任，因爲，那太丟臉了。

13

江長賢殺人案只剩三天就要結案了，看狀況，恐怕難將他從死罪重刑的深淵中救出來。

文石被刺傷後，傷勢未復，至今下落不明，唆人綁走他的人動機不明；唆人綁走他的人是誰，也不明確肯定。

白琳又成爲委任人不滿的人肉箭靶，看來心灰意冷，已無再戰的動力。

整個案子怎麼會變成這樣……

若如文石所推測，是方哲珍在背後搞鬼，甚至她就是下手殺夫的眞正凶手，那目前的發展應該正如她的意吧！說不定，她想到自己的陰謀得逞，現在正得意地奸笑著呢！

可惡，什麼邪不勝正，現實怎麼跟小說裡描述的完全不一樣！

無名怒火在我胸口悶燒，手指不自覺地愈敲愈用力。

小蓉從隔間板上探出頭來：「小心把鍵盤打爛了。」

我停下手，把鍵盤架往桌裡推，嘆了口氣。

「在氣什麼呢？還在想江長賢的殺人案？」

「明知凶手是她，卻沒辦法證明，好人卻被害！」

「既然不能證明，怎麼知道一定是她？」

「應該就是她叫人把柚子架走的。因爲她知道再讓柚子查下去，眞相就會被查出，她就無所遁形。」

「那能怎麼辦，江長賢的太太都要解除委任了，妳還想這麼多——」

「眞的被解除委任的話，白律師還揹了一個黑鍋，讓人更嘔！」

「老闆都不在意了……」

「老闆不在意，白律師和柚子在意嘛！」我站起身，取出手提背包；「不行，我不能坐視，坐視道消魔長，是法律人之恥！」

「妳……妳想幹嘛？」

「我要去找邱品智問個清楚！」

我衝出事務所，幾分鐘內就抵達分局。

在刑事組門口正巧遇到邱品智。他和一堆同事站在電梯門前，看樣子是要上樓去開會。

「哇，沈大美女是找我？」他看到我，眼睛發出異樣興奮的光芒。

他的幾個同事不約而同發出「哦——」的鬼叫聲。

我臭著臉，用興師問罪的口吻：「找到文律師了嗎？」

「正在盡力找……喂、喂、喂！」他想嘻皮笑臉，冷不防胸前的衣襟被我一把抓起，大吃一驚叫出。

「被關的快被判死刑了，被綁的快被殺死了，沒被關也沒被綁的快急死了，你還笑得出來！」

「放手放手，我不是沒查到線索——」

我鬆開手，「快說！」

「呼，想不到妳生氣的時候臉頰紅紅的，還是那麼性感可愛。」他整整衣領，還是一樣嘻皮笑臉：「我查到他曾去過飛珣服飾公司。」

「是那兩個挾持他的傢伙被抓到以後？」

「是啊，所以，妳還需要那麼緊張嗎？」

「什麼意思？也許他被禁錮在那家公司裡——」

「不是，他是去問東問西的，結果被人家攆出去。」

「……」我怔然語塞，詫異像水分子一般潑灑在我的腦海、迅速浸滿思緒；「也就是說，他現在沒有生命危險？」

「這我不知道，因爲那家公司的人被上面的高層下了封口令，妳知道的，妳們的文律師在法庭上是和人家總經理的老婆唱反調的。」

「那他是去問什麼？」

「狗屁——喂，這不是我罵他，是我去調查時，公司裡的人給我的答案。」

「意思是，他什麼也沒問到？」

「那我不知道，也許問到了，也許沒問到，反正被方哲珍得知他在打探些什麼，即使被他問過的人也被下令不准說了，所以我們警方也查不出所以然——呃，妳笑什麼？」

「所以後來文石去問東問西時，他們奉命一律回答他：『你這個狗屁不通的律師，滾出去』？」

「是的。」

「而且還通知方哲珍，方哲珍就叫警衛把他拖出去撇在路邊？」

「對！妳好聰明，又美又聰明。」

「所以你就認爲他能像狗一樣跑來跑去，當然就沒事了？」

「對。」

「所以，也就不想再查下去了？」

「也對。」

「還是因爲你發現文石又恢復調查李俊凶殺案的行動力，又已經可以跟你們檢警唱反調了，所以就覺得也沒什麼好調查了？」

「嘿嘿，妳對於他像蒼蠅一樣讓警方討厭也有同感吧？想不到我們的價值觀這麼接近……」他笑嘻嘻道：「哪天有空，我請妳吃飯吧？」

你這種笑臉，才像蒼蠅一樣讓人討厭。

他的一個同事過來催他說開會的時間到了。

「謝了，至少我知道他應該是平安無事。我先走了。」

「哪天有空？我看就明天吧？」

「我看我先去買一支蒼蠅拍再決定吧。」

我丟下滿臉疑惑的邱品智，溜回車上。

如果文石眞的已經沒有任何危險了，爲什麼不快點出現，他到底在幹什麼……？

突然一道靈光，邱品智的嘴臉，讓我想起一個人。

我抓起皮包裡的手機，而且把一張名片從皮包的小夾層袋裡翻出來。

因爲我從來沒想過會把名片上的號碼鍵入手機的電話簿裡。

* * *

紫娟端上一杯熱拿鐵給我。

「可惜文律師沒來，今天有新鮮的檸檬。」

「別擔心，也許他正在什麼地方喝著新鮮的檸檬汁、上面還漂浮著硫酸冰淇淋呢。」

「是這樣就好了——啊，什麼冰淇淋？」

「他應該會記得我常提醒他的少糖少冰吧。」

紫娟還想跟我多聊一些什麼，但是被門上清脆的風鈴聲打斷。

「歡迎光臨。」

一個鬼頭鬼腦、兩眼珠轉來轉去的傢伙出現在店門口。

是高額頭、有金牙的帥哥，趙超。

我對他招招手，他過來落座。

紫娟問他想喝點什麼，他揮揮手，但是我幫他點了一杯冰咖啡。

「怎樣？」他的語氣不是很客氣，難道是已經知道我和文石不是他所想像的八卦雜誌記者？

「上次那個一百萬元的懸賞，還有效嗎？」

「……」他用狐疑的眼光打量我，不回答我的問題。

我決定豁出去了：「我們拿到『珊瑚』了，但是已經超過你所要求的一個禮拜，所以想問你是否還想要拿回去，如果你的懸賞還有效，那我還有一百萬可賺，如果沒效，那——」

「那怎麼樣？」

「那我只好賣給其他想買的人。」我信口胡謅。

「誰想買？」

「方哲珍。」我還是胡謅。

「哈哈……」他大笑出聲，面露不屑；「少來！不用再騙我了，妳不是富家千金、也不是雜誌記者，妳是文石律師的助理沈鈴芝！方哲珍絕對不會想買這個檔案的。」

可惡，應該是文石到飛珣公司問東問西時，被方哲珍得知，方哲珍下令對付文石，消息傳到趙超的耳裡。

本小姐最討厭被人識破了僞裝還被嘲笑，所以我心一橫：「對，其實我是一個律師助理，而且也是一個沒有職業道德的助理。」

他得意的笑容頓時被急速冷凍住。

「你也知道的，八卦記者還有獨家報導的獎金，我們律師助理可是只有死薪水而已，所以——」

「妳想幹嘛？」

「如果眞有八卦雜誌有興趣的話，沒有一百萬，十幾萬元也可以考慮脫手。」

「妳看過那個檔案了？」他動怒道。

「我是沒看過，但是有一個人看過，就是我們文律師。」我開始編故事；「他是律師，不能眞的賣給八卦雜誌公開，你知道那會被移送懲戒的。但是他也很沒良心，看過之後就打算加價把『珊瑚』賣給你，但是到你們公司問東問西，被你們的方總設計師知道，下令攆出去了。」

「他要賣給我，還去公司問東問西幹嘛？難道想賣更高的價錢？太貪心了吧！」

「這我就不知道了，因爲他失蹤了，可能被人綁走了。」

「怎麼可能！他到我公司，問了幾個員工關於方哲珍、李俊和徐涵妤的事。我覺得可疑，還跟蹤他看他在搞什麼，他的行動可自如了，哪來被人綁走的事！」

「結果你看到他在搞什麼？」

「一會兒跑到聖心西亞大飯店、一會兒跑到徐涵妤的家，之後又跑回我們公司，結果在大門口就被警衛架出去。這像被人綁架嗎？妳到底在說什麼？」

「我說現在檔案在我這裡，只差密碼不知道，只有文律師知道，所以我急著找到他，如果你知道他在哪，告訴我，我可以考慮只收半價。」

「半價？不行，已經超過約定的時間，我現在只願意出十萬元了，要不要賣隨便妳，反正妳沒有密碼。」這傢伙，明明哈得要死卻還在硬撐。

「那你好歹告訴我文律師在哪吧？」

「我哪知道，我跟蹤他跟到松山機場，結果他好像發現有其他的人也在跟他，急得要逃命似的——」

「是方哲珍派的人？」

「也許吧，我不想被人發現我和他有接觸，所以他進機場後我就打道回府了。」語畢，他的眼睛骨碌一轉，「……唉呀，照這麼說，妳懷疑他被人綁走，也有可能是在機場之後才……」

我原本放下的心又忽然被人狂速提起，如果方哲珍發現文石沒事，又在查東查西的，會不會又像在墾丁外海一樣，派人——

我不敢再想像下去。

「既然這樣，就等我找到文律師再決定要不要賣你吧。」

我抓起皮包起身要走，他急了：「喂喂喂，好啦好啦，一口價，二十萬元，不會再殺了！」

我把帳單和信用卡放在櫃檯上。

「可以，除非你先告訴我內容。」

「這……」他完全怔住，不發一語。

「如果我先找到文律師，有了密碼打開檔案，就不用你告訴我了，那就一口價：一百萬！」

我從紫娟手上接過信用卡和發票，踩著高跟鞋往門口走去。

來的時候我是借小蓉的車，而且我是把車停在路邊一個偏僻但可以看到「紫羅蘭」的巷口。

我快步上車，並把身子壓低。

一分鐘後，趙超也走出店外，他鎖著眉頭，從上衣口袋裡掏出一支菸，點上，深深吸了一口。接著他拿起手機，不知撥給誰，講了幾句後切斷，開始步行。

我立即下車，遠遠地跟著。

他似乎是朝捷運站的方向走。

人行道上的行人很多，加上我刻意保持距離，所以相信他不會料到我在跟蹤他。

進了捷運站，直到第三班進站的列車他才上去。

車廂內人不多，我上車後往反方向找位置坐。

趙超走近一個戴灰色呢帽、身穿黑色長大衣的人，低頭說了幾句話，就落坐在那人身旁的位子。

列車啓動，趙超開始和身旁的人交頭接耳講些什麼。我起疑，那個黑衣人該不會就是他在紫羅蘭店門口以手機聯絡的對象？

什麼重要的事不敢在電話裡講？或是，一定要當面確認才行的事？

我打算冒險往前移動到他們身後座位，以便能聽到些消息。就在決定起身時，我身後冒出一個身著紅大衣、長髮及腰、濃妝艷抹的女子，突然越過我，直接就坐到趙超身後的位子，且是佔住靠走道的座位。

我心裡暗罵了一句，擔心要求借過、坐進靠窗位置會引起趙超的注意，只好移到紅衣女子後方的位子。但是這樣一來，我就無法聽到他們的對話了。

不得已，我起身向前低聲道：「借過。」

那個紅衣女子濃眉下的大眼睛瞪了我一眼，彷彿心裡不爽般地移開長腿讓我坐進靠窗位置。

——哼，大眼長腿就跩嗎？本姑娘腿沒妳長，至少也是電眼正妹，有事急著竊聽，懶得跟妳計較！

「東西真的在妳手上？」背對背的座位，後方傳來趙超的聲音。

「你在懷疑什麼？」灰帽人好像怕人認出，刻意壓低聲音。

「東西其實在別人手中，對不對？」

「你鬼扯什麼，你說的別人是誰？」

「……」趙超沒接話。

「要就要，不要的話你還找我幹嘛？」

約停頓半分鐘後，趙超才繼續說：「妳還有把東西給別人嗎？」

「絕對沒有。」

「什麼時候可以給我？」

「條件你知道了？」

「嗯。」

「晚上七點就可以給你。等我電話。」語畢，灰帽人突然起身，往前靠向車門邊，似乎準備下車了。

唉呀，我是應該繼續跟著趙超，還是應該改變對象跟著神祕的灰帽人?!

正當我在猶豫不決，列車已到站，灰帽人步下列車，消失在月台的人群中；我身旁的紅衣女子也起身下車。一位在這站上車的中年禿頭大叔目光掃來，肥臀往我身邊猛力一坐，若不是座椅的彈性有限，我可能會被反彈起來摔跌出去。

我回頭偷瞄，趙超還在原位……咦，在按手機。

半分鐘後，我的皮包裡傳來「叮咚」的接收簡訊聲。

我趕緊打開手機，按下閱讀鍵。

「六點整，帶東西到西門町漢口街二段的『就愛網』網咖店，金額照舊。趙。」

是身後的趙超傳來的……我回頭，發現他似乎聽到了我的手機「叮咚」聲，在張望尋找周遭講手機的人。

我壓低了身子，怕他回頭，同時趕忙把手機闔上，這時眼角餘光發現身邊的肥叔竟然斜眼偷瞄我的手機──不是，是往我的衣領內瞄，而且口水似乎快要從他的肥唇流出來了！

此處眞是危機重重，我趕緊起身，往後方的車門邊站。

我大膽研判趙超是先出高價向那個灰帽人購買「珊瑚」檔案，還沒成交前，我半路殺進表示東西在手上，由於靈光乍現的那席話唬住了他，讓他心生疑惑，爲了確認，他約了灰帽人出來，不過，無法得到絕對的肯定，所以還要再約我出來確定。

唉呀，不對，若要肯定，他大可在七點看灰帽人交出來的東西是否有詐即可，何必先約我？

如果我交得出「珊瑚」，那灰帽人就是騙他了，他也不用理睬，更不必再花錢。但是如果我交不出，那他約我的目的眞的只是……？

我有一種不祥的預感，今晚六點的網咖之行是絕對不能赴約的。
列車再度進站，我趕緊下車，快步潛進人潮裡。
早知道就該跟著灰帽人，也許有其他的發現。我不禁在內心爲自己的抉擇錯誤跺腳。

＊　＊　＊

回到我的車上，我思索著趙超所說：「一會兒跑到聖心西亞大飯店、一會兒跑到徐涵妤的家，之後又跑回我們公司，結果在大門口就被公司警衛架出去」，試想文石到底在幹嘛？
我把車開到聖心西亞飯店，在地下室車道入口前停住，看了一下手錶。
然後上車，開往江長賢的家。抵達在門口停下，再看了手錶一次。
最後再以最快的速度抵達飛珣公司所在的大樓。幸好不是上下班的尖峰時間，一路上的車量不多。
從聖心西亞飯店以最快的速度，抵達江長賢的家，如不闖紅燈的話，約需要五分鐘。
從江長賢家開車到飛珣公司，若不塞車，也不闖紅燈的話，以最快的速度也要八分鐘。
而再由飛珣公司返回聖心西亞飯店，同樣的條件下，則約需十三到十五分鐘。
咦，文石是從什麼地方到聖心西亞飯店的？趙超沒有提到。如果是在查這個案子，應該是——

我又把車開到威遠大樓的門口，從這裡出發，返回聖心西亞飯店。抵達時依計時結果，要十分鐘。

所有的往返，都是走直線的道路，不繞較遠的路程。

這樣是在調查什麼呢？

是江長賢行凶後，先到聖心西亞飯店逛一下，再返家，結果被警方衝進家門逮捕？或是……

如果是這樣，在家中被逮捕的江長賢，就不可能再返回飛珣公司了嘛……

所以不是在查江長賢行凶後的路線和所需時間，那是在查誰？

方哲珍？文石一直懷疑行凶的是方哲珍，難道是方哲珍行凶後，走文石發現的那個二樓壁洞，開車直奔江長賢家中，把凶刀放在他家嫁禍給他？可是若依這樣的查證結果，如果方哲珍眞的是凶手，那麼從聖心西亞飯店案趕到案發現場、再回到飯店，往返就已經要二十分鐘了；假設由案發現場直接趕赴江長賢的家、再折回飯店，不包括衝進他家置放凶器嫁禍的時間，在路上也要二十分鐘，這樣也不可能完成行凶及嫁禍的計畫。況且當時新裝發表會的現場情形，由錄影光碟顯示，她只在五點四十五分時離開了五分鐘而已呀！

也就是說，照時間狀況來看，方哲珍應該不可能是下手殺夫的凶手吧？

我絞盡腦汁，最後終於得到一個結論。

凶手眞的就是江長賢！

只有他才能在行凶後，在十五分鐘內從容離開、返抵自家，再進行丟棄凶器的計畫。從時間證據及不在場證據顯示，文石的懷疑畢竟只是懷疑而已，事實上方哲珍不可能行凶的。

唉，律師當然要先相信自己的當事人，才有為其辯護的勇氣，但是一旦察覺當事人所言不實，甚至確是眞兇時，還會有勇氣繼續辯護下去嗎？又該用怎樣的心情面對被騙的結果……？

趙超說文石最後是跑到松山機場，看來他是無法面對眞相而心情沮喪，南下哪裡去散心，或是無顏面對因為相信他而一直辛苦協助他的白琳和我，躲起來想一些下台階的理由吧。

眞是的！他原先到底是哪來的自信呀！

想到這裡，我的心情也有點嘔，竟為了姓江的這個混蛋浪費了我這麼多美麗的青春歲月，啐！

14

星期四上午，在看守所的接見室。

白律師今天上午、下午都有案件要出庭，無法親自前來律見，只好指派我來對當事人作證據的最後確認。

由於法官認爲起訴事證已相當明確，而且包括凶刀及現場跡證，於起訴時都已由警方蒐集完備，沒有串證或湮滅證據的可能，所以只有諭令收押，並沒有裁定禁止嫌犯江長賢接見親友。

「今天文律師怎麼沒有來？」獄所管理員小郭見我隻身前來，好奇地問道。

「我們文律師不小心幫到了壞人，後悔得要死，讓我來罵罵這位讓他躲起來不敢見人的傢伙！」話雖然講得俏皮，但語氣裡應該聽得出來有火。

「哦。」小郭顯然沒聽懂我的話，臉上露出迷惘又尷尬的微笑。

腳鐐拖地的聲音由遠而近，江長賢被帶進接見室。

他落座，見到是我，迅速張望之餘未見到文石，表情盡是疑問。

剛接辦此案之初，我曾與文石來這裡接見他，所以他認得我。

「文律師怎麼沒來？」他先開口。

「他要我來問你，人是不是你殺的？」

我直接開門見山，讓他瞳孔突然放大，似乎在片刻間止住呼吸，約有五秒的時間裡，空氣與時間就像冰河時期瞬間降臨般急速凝固。

當下我真是佩服自己的急智，認爲自己太適合當律師或法官了。

「怎麼可能！」

「怎麼不可能？人證、物證都對你不利，官司進行到現在，有利於你的證據也始終不曾被發現，你說怎麼不可能？」

「上次妳和文律師來的時候，我已經解釋得很清楚了，你們也說相信我的呀！」

「那是上次。」

「有什麼不一樣的嗎？檢察官也沒有提出其他的證據呀？」

「我們查了一些事情，發現只有你才可能完成殺人的全部過程。」

「什麼？」

「時間！在時間的過程中，沒有別人能中途插入你的行凶計畫！除非你能提供哪個人有嫌疑，讓我們再去查。」

「這……」他面有難色。

「沒有吧？」

「可是文律師上次來的時候，他說會盡力爲我蒐證和辯護的，而且每次出庭，都看到他有新的證人或證據提出，像那個現場的錄影和那個二樓做泥水的工人，都對我很有利不是嗎？還有那個吳萱萱，不是被文律師抓到她和李俊的老婆有一些不可告人的祕密？這些都沒有用嗎？我是很相信文律師的……」

「你讓他也很相信你，結果害他被人刺了一刀，差點命喪巴士海峽！」

「這……我也不知道會變成這樣，但是我眞的沒有殺李俊，也許當天我對他的口氣是差了一點——」

「只有差一點嗎？」

「呃，是很差——」

「只有很差嗎？」

「……我們大吵了一架，還互相嗆聲要給對方好看……」

「所以你一氣之下就把他給——」

「沒、沒、沒有，我眞的沒有！」

「你的修養那麼好，控制得住？」

「問題是當時我根本沒有帶那把水果刀，怎麼用刀殺他！」

「那刀子怎麼會在你家的垃圾筒被發現？上面還有被害人的血跡？」

「……」他欲言又止，「我眞的是清白的！」

「你有什麼證據能證明自己是清白的？」

「……只能傳訊我太太了。」

「講到你太太我就有氣，因爲你的一時衝動，害你太太爲了你的這場官司整天擔心受怕，每次開完庭出來都是眉頭深鎖的，看來快得憂鬱症了，你算是個負責任的丈夫嗎？」

「她眞的這麼擔心？」

「你對得起她嗎？」

「……」他是在後悔還是在想些什麼，低著頭，沒有說話。

「看來這個案子你的麻煩大了，被判有罪的可能性很高，而且刑責可能不輕，你要有心理準備。」

「……我只剩下我太太可以依靠了……」

他突然這麼嚅嚅低語，語氣裡盡是灰心喪志，害我原本高昂的罵意一下子冷了下來，一股同情心忽然由衷而生。

難道這就是可恨之人必有可憐之處嗎？

傳你太太有什麼用？證明你平日的素行良好、並無前科，守法顧家，本案只是因爲妻子遭被害人調戲，過於氣憤一時失慮，才會誤觸法網，但是經此偵審程序，已經知所悔悟，請求法庭考量是否出於當場的義憤而殺人，改依較輕的義憤殺人罪論處？這些辯詞，我幫律師們繕打狀子時常見，都會背了，但講這些有用嗎？就能逃脫被判有罪的命運嗎？

搞不好法官還會以不肯認錯、犯後態度不佳、飾詞狡辯爲由，判得更重！

我眞的很想勸他認罪算了，但是，畢竟我不是他的辯護律師，這話應該由文石來說比較適當吧！所以我就忍住了。

「算了，既然沒有其他的證據要求調查，我走了，你保重吧！」

「文律師下午會來嗎？」上次我和文石來接見他，文石曾說最後的辯論庭之前，會再來找他討論案情及出庭的應對策略。

「我不知道。」我起身，抓起皮包往肩上揹。

「明天文律師會親自出庭嗎？」他的眼淚在眼眶中含著，快要流下來了。

「我不知道。」我開始後悔自己幹嘛答應白律師來這裡，這種不知是否該被可憐的當事人我最不知如何面對，只得趕緊把椅子推回桌下，匆匆走出接見室。

「我相信文律師，一切拜託他了。」背後傳來他微弱的聲音，我裝作沒聽見不予回應。

回到事務所，心情很糟，只得努力把自己的注意力投入桌上的工作，希望馬上忘掉剛剛的不愉快。

白律師中午時分才進來，向我詢問江長賢的意見。

我一五一十全部告訴她，還把我關於時間的發現告訴她。

「如果是這樣，倒還眞的是翻案無望了。」白律師喟嘆一聲。

「不是無望，根本是超絕望的。」

「盡力就好了，果眞如此，那也是他應該承擔的法律責任。」

我想起徐涵好那張心急如焚的臉：「最可憐的就是他老婆了。如果誠實告訴她我們的判斷，她會有什麼反應？」

白律師聳聳肩：「不管她有什麼反應，我們能做的也只有誠實以告，讓她早一點面對現實了。」眞的能不管委託人的反應，勇往直前地把應該要做的辯護工作完成，就可以算是一個成功的律師嗎？

後來事情的發展，好像告訴我們問題不是這麼簡單。

接下來的半天，我把心思全力投入其他的工作上，江長賢的殺人案就被我拋到九霄雲外去了。

直到晚上十二點，我上床入睡前，正在貼面膜作保養時，手機裡傳來「叮咚」的簡訊鈴聲，才又讓我想起這個案子。

我按下閱讀鍵：「**明天早上記得穿鳳梨裝去出庭旁聽。文石**」

什麼？我趕緊把畫面按回來電訊息頁，是一支我不認識的手機號碼撥來的。而且是晚上七點多就傳來了，只是當時我在下班的車陣中，根本沒注意到有簡訊傳來。

我立即回傳：「**柚子，你還好吧？明天你會出庭嗎？**」

結果等了十分鐘，完全沒回音。

爲什麼旁聽還要我穿那麼奇怪的衣服？我難忍好奇，索性直接回撥，卻只得到：「這個號碼現在收不到訊號，請您稍後再撥」的回應，氣得我把手機往包皮裡一摔，撕下面膜，上床睡覺，管他鳳梨還是香蕉、芭樂！

*　*　*

星期五早上九點，刑事第一法庭。

由於路上塞車，庭務員在法庭門口高聲點呼當事人及證人入庭的時候，我和白律師才從走廊的這頭匆匆忙忙跑過去。

白律師在門口換上律師袍，拎著公文包快步進入法庭，向庭上的三位法官頷首致意後就立即在辯護人席落座。

我跟在她身後進入法庭，悄悄在旁聽席的最後一排坐下。

我快速地掃描了一下法庭內：審判席上的三位法官依舊維持一貫的撲克臉；相互面對分庭兩邊而

坐的楊錚檢察官、白琳律師，前者鼻孔微微上揚，冷峻自信的抿唇，後者則低著頭翻閱著卷宗資料。

被告席上的江長賢，雙手在桌下緊握互搓，時而盯著面前的電腦螢幕、時而回頭張望，看來難掩緊張之色。

旁聽席上，最前方坐著兩位之前就認識的報社記者，我的左前方坐著徐涵妤，方哲珍則在旁聽席上靠檢方的一邊。徐涵妤的身邊坐著一位身著律師袍的男性，角度的關係讓我起初看不清他是誰。方哲珍的身邊則還坐著一位長髮女子，我微傾身，從她的側身臉龐發現她是吳萱萱。

最後一排除了我，只剩一個滿頭亂髮、駝著背、垂著眼皮的白鬍子老頭，彷彿已經快要睡著了，從穿著看來好像老榮民，也許是終日無所事事，抱著聽八卦故事的心情來旁聽吧。

審判長清了清喉嚨：「那麼，我們開始續行審理。」

再一次人別訊問確定被告席上的人是江長賢後，立即進入最後的詰問程序。

審判長點呼徐涵妤上庭，等她坐上證人席後，告知因證人與被告現爲夫妻，依法得拒絕證言；但她同意作證，審判長遂令她朗讀證人結文及簽具切結，以宣誓證言均將爲眞實。

「這位證人是被告及辯護人方面聲請傳訊的，依法應請白律師先行主詰問。」審判長道。

「等一下，審判長！」徐涵妤突然打斷道，「是這位白律師要發問嗎？」

審判長怔住：「有什麼問題嗎？」

「我要解除對她的委任關係，連她事務所另一位文石律師也要一併解除。」

法庭內的空氣突然凝結了五秒鐘，大家都還沒有意會過來。

「所以白律師就不能對我行使發問的權利了吧？」

所有的人都相當錯愕，以致驚疑與竊語的聲音像從地底下忽然湧現整個法庭。

白琳滿臉意外與尷尬：「徐小姐，怎麼──」

徐涵妤根本未回應白琳，反而回頭望向旁聽席上說：「我要改委任柯勝利律師。」

原來旁聽席上坐在她身邊的是柯勝利，聽說是律師界最混的傢伙，在法院走廊上或律師公會裡，經常可以發現他酒氣沖天的身影，民事事件對造律師接到他的書狀繕本都會輕鬆一笑，因爲訴訟上攻擊的火力很弱，防禦的方法也漏洞百出。有同道私下打趣說以他已經到含飴弄孫的年紀了，還要他絞盡腦細胞打官司，萬一鬧出人命誰負責。

所以，徐涵妤捨棄盡心盡力的文石、白琳不要，卻選擇已無鬥志的老律師爲自己的先生辯護，當下我也是大吃一驚。我揣測她一開始是指名找老闆林律師爲自己的先生辯護，但林律師將案件指派給文石，她心中或許已經有所不滿；正當文石的表現逐漸取得她的信心，誰知道卻中途發生文石失蹤的意外，她不滿的情緒隨著案件進入倒數階段而高漲，最後終於按捺不住，索性決定撤換律師吧！

但這也未免太冒險了，畢竟，陣前換將，戰場大忌，尤其是在最後最關鍵的辯論庭；我不禁內心吶喊：妳的情緒和不理智，會害了妳先生呀！

可憐的白琳竟在這種情形下，被不知情的人誤會是得不到當事人信任而被解除委任、而且還是被當庭解除的律師！這個黑鍋可太重了。

依刑事訴訟法第二十七條第二項規定，被告或犯罪嫌疑人之法定代理人、配偶、直系或三親等內旁系血親、家長、家屬，得獨立爲被告或犯罪嫌疑人選任辯護人。

刑事被告在被羈押的情形下，根本無法找尋律師爲自己辯護，所以大多數由父母、配偶或其他法定親屬在外爲其委任律師。

也就是說，就辯護律師而言，刑事案件的委任人可以是被告本人，也可以是法律所規定被告的其他親人。

「卷內的委任狀顯示，最初的確是被告的妻子爲被告委請律師的。所以，徐涵妤確實有權解除委任。」審判長迅速翻閱卷宗找到委任狀後，抬起頭對白琳投以同情的眼光。

白琳要求與委任人私下確認委任與解除的眞意。

審判長點點頭，表示同意。

白琳起身走近證人席，低聲向徐涵妤說些什麼；徐涵妤輕輕地搖搖頭，回應了幾句，看來心意已決。

白琳向庭上微微欠身，回到座位上收拾起案卷，退下辯護人席，未戰先敗的憔悴寫在臉上。

她來到我身邊坐下，我忍不住壓低聲音問：「她怎麼回事啊？」

白琳搖搖頭，她現在的心情大概只剩不解與無奈。

柯勝利律師拎起公文包進入辯護席，低垂的眼皮讓人懷疑他是否清醒。

「首先，我感謝當事人給我這個機會爲被告辯護，也請求庭上還被告清白，我當竭盡所能爲被告江長賢爭取最有利的判決，雖然我臨危受命，但是關於案情的狀況，其實委任人已經向我告知了，我能全盤掌握，所以被告江先生不用擔心，檢察官的起訴只是有合理的懷疑而已，最後不一定是有罪的——」柯勝利人還沒坐下，就自顧自地先發表一段不好笑的單口相聲，我很懷疑他到底有沒有先閱卷了解目前的案情發展。

「柯大律師請坐，我們要開始進行交互詰問程序了，您可以坐著詰問。」審判長打斷他，並比了個手勢要他坐下。

「謝謝庭上賜坐。」他大剌剌地坐下。

賜坐？如果我是你的委任人，我眞想賜你一條白綾！

「準備程序中被告方面請求傳訊徐涵好，也就是請求被告的配偶爲其作證，待證事項是警方違法搜索及被告並無殺害被害人的可能。」審判長唯恐柯律師臨危受命，無法銜接案情的節奏，好意提醒；「大律師清楚嗎？」

「完全清楚，也很感謝庭上的曉諭與體諒，庭上眞是公正又英明，雖然表面證據對被告不利，但是只要一問過證人徐女士，相信庭上就會發現被告根本就是無罪的，下面我們就是要呈現這個被冤枉的事實，所以我們會以一連串的問題對證人提問，讓──」

「很好，你可以開始了。」審判長唯恐他又長篇大論，趕緊插嘴。

不知何故，我的腦海中忽然浮現一個畫面：一群人眼睜睜看著江長賢被推入刑場，卻每個人都雙手抱胸……

「那麼，就由我來先行主詰問。」柯律師捲起衣袖，清清喉嚨。「請問證人徐小姐──」

「等一下，審判長！」憑空不知哪裡又突然殺出這句；「是這位柯律師要發問嗎？」

審判席上的三位法官一起抬頭，搜尋聲音的來源。審判長趕忙道：「是誰又有疑問？」

「……是我。」被告席上傳來囁嚅聲。

竟是江長賢！

「有什麼問題嗎？」

「這是文律師爲我聲請的最後一位證人，我要求由文律師來爲我詰問。」

「但是文律師已經被妳太太解除委任了。」

「我可以自己委任他嗎？」

「你──」審判長一時怔住，過了幾秒才意會過來；「你是說你自己想要再委任文律師？」

「是的。」

刑事訴訟法第二十七條第二項雖然規定，被告的配偶有權不經被告同意，獨立爲被告選任辯護人，但是第一項同時也規定：「被告得隨時選任辯護人。」也就是說，被告與其配偶都分別有選任辯護人的權利，而且被告的這項訴訟程序上的權利，是隨時可以行使的，不論案件是否已即將終結。

所以……

我和白琳不約而同對看一眼。她睜大了眼睛，而我則手臂上寒毛盡戴，倏然豎起。

「喂，你們夫妻兩個在搞什麼鬼？要不要給你們時間先開會決定請誰當辯護人呀？」檢察官楊錚插嘴，語氣已盡是不耐煩。

「你太太不是已經委請柯大律師爲你辯護了嗎？」審判長不解地問。

「可是文律師告訴我說，我委請的律師可以與我太太委任的律師不一樣。」

「你的案子已經快要調查完畢，即將要終結了，你還有需要再請一位律師嗎？」審判長似乎有意勸他打消念頭。

想不到江長賢竟固執起來：「可是文律師說每一位刑事被告最多可以請三位辯護人。」

我和白琳又不約而同對看一眼，心中有一個共同的想法：文石是什麼時候跟你說的？

而且刑事訴訟法第二十八條確實有規定：每一被告選任辯護人，不得逾三人。也就是說，每一位刑事被告最多可以請三位律師爲其辯護。

「他不就是因爲沒來，才被你太太解除委任的嗎？」受命法官也忍不住了，語氣急切道。

「他說他一定會來，我相信他會來。」

「你相信他也沒用，他今天又沒來。」

審判長突然變臉；「你該不會是想要求改期吧？我們上次已當庭告知今天要結案的，你是在拖延訴訟嗎？」

「我……我只是相信他。」

「我們是不會改期的。」

「等一下，審判長！」我身邊忽然有人大聲插嘴。

「又是誰在叫等一下啦？」審判長兩個眼珠一翻，彷彿魂已經被「等一下」三個字給叫走了。

「不用改期啦！」

聲音的來源竟是我身旁的白鬍子老頭！

他原先雜亂的白髮不知何時被整把抓起撇在椅子上、變成烏黑整齊的短髮，駝著的背也直了，垂著的眼皮忽然睜開，眼神炯炯精亮，直挺挺地站在我身邊，彷彿是提起長鎗就要往前衝戰的騎士，表情看來充滿鬥志。

「你又是哪位？是想擾亂法庭秩序嗎？」

他沒理會審判長，只見兩隻手在臉上快速移動搓揉，原先極盡風霜的皺紋與白眉毛全不見了，又從身旁的一個小布包裡抽出一片黑色的長布——呃，不對，黑布有白邊！

是律師袍！

他把律師袍往身上一披，在眾目睽睽、大家目瞪口呆之下，幾秒之內竟化身為文石律師——呃，不是，他原本就是文石！

這是在搞什麼！我和白琳再次互望一眼，她聳聳肩，我咋咋舌。

文石以極為帥氣的步伐走上前，從口袋裡取出一張刑事委任狀呈給在審判席前方的書記官：「這是被告本人昨天下午親筆簽具的委任狀。」

書記官對於文石的快速變身秀可能太過驚異，尚未回過神來，所以回身把委任狀轉交給後方的審判長時，手還有點顫抖。

審判長接過，沉默半晌，表情極為嚴肅：「雖然我不知道是怎麼回事，但是當事人要委任文律師的眞意已經當庭表達，又已提出委任的書面，程序上是沒有問題的，所以，請文律師就座。」

文石欠欠身，與辯護席上的柯勝利同坐。

＊　＊　＊

「你們哪位要先進行主詰問？」

論年紀、資歷，文石當然比柯勝利年輕資淺，所以他禮貌地點點頭，向柯勝利比了個「請」的手勢。

柯勝利毫不客氣，再次清清喉嚨：「請問證人，在庭的被告是妳丈夫？」

「是。」

「你們夫妻的感情如何？」

「很好，我先生很愛我。」

「被告平日的脾氣如何？」

「他的個性很直，有點衝動。」

「會衝動到無法控制自己的行爲，甚至會殺人的程度嗎？」

「不可能。」

「死者李俊曾經騷擾妳？」

「是的。」

「怎麼回事？」

「一開始是言語上說一些噁心的話，後來對我毛手毛腳，最嚴重有幾次要我陪他出席一些在外縣市舉辦的會議，然後……對我不禮貌。」

「他對妳說過哪些噁心的話？」

「像是『妳的皮膚好白，我跟我太太做那件事的時候都會想到妳』、或是『妳的身材眞好，屁股特別漂亮，改天公司發表的新款泳裝可以讓妳當模特兒展現一下』之類的。而且說得時候表情很猥瑣，讓人很反感。」

「也就是言語上的性騷擾？」

「是的。」

「妳被他性騷擾，妳的反應如何？」

「很生氣、很生氣，但是他是我的上司，所以我只能隱忍盡量避開他。」

「有效嗎？」

「防不勝防，遇到無法預知又沒人在場時，還是經常被他突如其來地騷擾。」

「妳說他在藉由公事上的機會，會對妳不禮貌，又是什麼情形？」

「……」她猶豫起來。

「很難啓齒嗎？需要清場嗎？」

「他在車上，我坐在他旁邊的座位，然後他突然把手伸進我的衣服裡，摸我的胸部。」

「那是已經構成妨害性自主罪了吧，妳當時的反應如何？」

「馬上推開他，而且大聲請他自重，但是他還是邪淫地笑著。」

「妳有向公司相關單位申訴嗎？」

「李俊是公司的總經理，我根本不認爲申訴有用，而且爲了保住工作，我也不敢向別人聲張，也不敢追究，只有偷偷哭泣。回家被我先生發現了，在先生的關心逼問之下，才向先生哭訴。」

「結果妳先生有何反應？」

「曾經去找李俊理論，但是被公司警衛趕出去。後來也曾找過李俊的太太方哲珍，請她約束李俊。」

「他找李俊時，有口出惡言恐嚇他嗎？」

「當然沒有。」

「他去找方哲珍時，有向她表示如果沒能力管好自己的老公，他將會代替她教訓李俊嗎？」

「他絕不可能這樣說的，他是很平靜地找她談解決的方法。」

柯勝利點點頭，露出很滿意的表情繼續問：「案發當天，警方到妳家去搜索時，是否有出示搜索票？」

「沒有，完全沒有。」

「到妳家搜索的時間？」

「已經六點多了。」

「所以已經是夜間搜索了。有經過妳或被告的同意？」

「也沒有。」

「我問完了。」柯勝利律師很輕鬆地往椅背一靠，面露得意之色。

換檢察官進行反詰問。

「妳剛才說，被告的個性很直，有點衝動，但是不可能會衝動到無法控制自己的行爲，也不可能會衝動到會殺人的程度，是嗎？」

「他絕不可能這樣的。」

「妳怎麼知道呢？」

「就憑我是他的妻子，我當然知道！」

「這是妳的觀察，還是妳個人的意見？」

「是我跟他共同生活這麼多年的觀察。」

「案發當天，他與死者在死者家中爭吵，妳又不在現場，妳如何觀察？如何確定他不氣到想殺人的程度？」

徐涵妤怔住，但隨即不甘示弱地：「那也算我的個人意見。」

唉呀，不妙！依刑事訴訟法第一百六十條規定，證人之個人意見原則上是根本沒有證據能力的。也就是說，不管徐涵妤說了再多對江長賢有利的證詞，只要被認爲是證人個人意見，都不能被當作有利於江長賢的證據採納。我不禁搖搖頭，與白琳對望一眼；白琳低聲道：「楊錚要出招了，妳可以看一下定罪魔手的功力。」

「既然被告去找李俊時，妳不在場，所以他有無出言恐嚇，妳怎麼知道的？」

「我先生告訴我的。」

「被告後來去找方哲珍，請她約束李俊時，妳在場嗎？」

「我……不在。」

「既然不在，剛才妳作證說，被告並沒有向方哲珍表示要代替她教訓李俊，而是心平氣和找她談解決方法，又是如何得知的？妳有天眼通，還是順風耳？」

「……是聽我先生說的。」

「哦，那也就是事後聽聞被告片面之詞了。再請問妳，案發當天，警方到妳家搜索時，妳人在哪裡？」

「我在要回家的路上，突然接到先生的電話說有大批的警察到家裡翻箱倒櫃，還說他殺了人。我要他向警察要搜索票，結果——」

「我只有問妳人在哪裡，沒有問妳在做什麼！請妳回答我的問題就好！」楊錚大聲斥道，把徐涵妤和江長賢都嚇了一大跳：「當時妳已經回到家了嗎？有看到警察搜索的情形嗎？」

「異議，檢方以恫嚇的方法詰問！」柯律師立即反擊。

但是審判長卻微笑回應：「沒有吧，他只是聲音的音量大了些。異議駁回，證人請回答。」

「還沒有回到家。」

「那妳怎麼知道當時警方是在什麼情形之下直接進入妳家的？」

「可是，就算是這樣，也不能沒有搜索票不是嗎？」

「請回答我的問題！」

「那時候已經天黑了，沒有經過我先生的同意就——」

「審判長，請命證人回答，我不要她答非所問！」楊錚轉向審判席說。

審判長立即裁示：「證人應該針對檢察官的問題回答。」

「他，他的問題是什麼？」看來徐涵妤眞的很急於爲自己的先生辯白，好像已經方寸大亂。

「檢察官是問妳，爲什麼妳還沒有回到家，卻能知道警方到家中搜索的時間，以及有無出示搜索票等情形？」

「……我問我先生的。」

「妳何時問他的？」

「我去看守所看他時，他告訴我的。」

「檢察官請繼續反詰問。」

「李俊騷擾妳幾次？」

「好多次。」

「言語上的性騷擾幾次？」

「也很多次。」

「到底是幾次？兩次、三次、還是十次？」

「大約三、四次。」

「肢體上的性騷擾幾次？」

「三次。」

「每次妳都有跟被告說？」

「是的。」

「他每次都很生氣？」

「是的。」

「所以最後氣到忍無可忍，就衝到被害人的家中與被害人理論、把被害人殺了？」

「不是！他不會的！」

「妳又不在現場，怎麼能確保他不會一時衝動而痛下毒手？」

「他、他是很愛我的，他不會做出這種讓我傷心的事……」

「哼。他如果不是因爲太愛妳，怎麼會這麼衝動又糊塗？妳醒醒吧。」楊錚冷道；「我問完了。」

唉，這樣的證詞根本沒幫到江長賢，反而有可能害了他吧……這時的我心中不斷重覆出現：沒藥可救了！江長賢，你認命吧……

楊錚「定罪魔手」的外號，看來並非浪得虛名。

「辯護人請進行覆主詰問。」審判長請柯律師再行詰問；柯律師不知是完全沒發覺大勢不妙、還是決定拚死纏鬥下去，接著還是在問徐涵妤有關警方違法搜索的問題，但我已無心再聽下去了。

我偷瞄了文石一眼，他的腮頰竟鼓了起來，顯然在努力抑制即將爆發的呵欠。

幾分鐘後，柯律師的覆主詰問進行完畢；審判長再詢問檢察官是否要行覆反詰問，楊錚爽快地回答：「沒有其他問題。」

審判長請檢辯雙方就證人的證詞表示意見。

「從證人的證詞可知，被告絕對不可能是下手殺害被害人的凶手，因爲他很愛他的老婆，不可能做出違法的事讓老婆傷心。而且，雖然警方進行搜索時，證人不在場，但是警方沒有依法聲請及出示法官簽發的搜索票，違反刑事訴訟法第一百二十八條規定，而且對於有人居住的住宅，又違反刑事訴訟法第一百四十六條不得於夜間進入搜索的規定，卻已經可以被認爲是事實，否則，本案卷內何以沒有搜索後陳報執行結果的報告書？所以經由違法搜索所扣得的水果刀，若眞的是凶刀，也不能憑爲不利於被告的證據。」柯勝利先陳述。

「從證人的證詞可知，被告確有殺人的動機。至於警方的搜索，是因追躡現行犯及逮捕脫逃人，屬於法律規定的逕行搜索，可以不必先申請索搜票，事後向檢方及法院報告就可以了。而就算搜索時已屬夜間搜索，因有急迫情形，所以不應在禁止之列！辯護人所言，明顯不足採取。」楊錚也陳述道。

文石的腮頰又鼓起來了一次。

從他的鼓腮，可以窺知這一波訴訟上的攻防，是檢方還是辯方占上風了。

15

「請文律師進行主詰問。」審判長道。

由審判席上三位法官臉上的表情觀察，似乎剛剛的詰問並沒有半點動搖對於本案結果的認知，所以眉梢嘴角都漾著輕鬆。

「徐小姐，」文石目光低垂，望著桌上便箋，上面有剛剛速記的重點：「六月二十五日案發當天，妳是幾點下班？」

「不太記得了，好像是跟平常一樣吧。」

「是嗎？妳星期六也上班？」

「我在公司是服裝設計師，不是行政人員，所以不是朝九晚五的上班族。」

「也就是說，可能別人已經下班了，妳因爲工作上的需要，仍然加班到很晚？」

「是的，設計需要靈感，也需要跟客戶討論方案，如果是外國客戶，還會有時差問題，所以不一定是何時下班。」

「那妳剛才所謂『好像是跟平常一樣』所指爲何？」

「我不記得當天幾點下班，只記得我先生打電話來時我在回家的路上。」

「六月二十五日案發當天下午四點三十分開始，妳所任職的飛珣服飾公司在聖心西亞大飯店風尚廳，是否舉辦新裝發表會？」

「啊，謝謝你的提醒，我記起來了，確有此事。」

「聽說是一年一度的發表會，身爲設計師的妳應該有參加吧？」

「有的。」

「那，發表會進行到幾點呢？」

「不太記得，因爲我先離開了。」她彷彿知道文石要問些什麼；「因爲當天我是擔任聯絡組的工作，會場上開始進行，我的工作就告一段落，所以可以先行離開。」

「妳不在場關心來賓對自己作品的反應？」

「因爲發生了這件事，所以我的作品被公司冷凍，當天在伸展台上沒有我的作品。」她是意指遭到方哲珍公報私仇吧。

「妳提早離開，離開的時間是幾點？」

「呃，……大約是五點半左右，不能確定。」

「回家途中接到先生的電話，說家裡被警方登門搜索？」

「是的。」

「可是從聖心西亞大飯店至妳家，如果不塞車的話，開車不是只要五分鐘嗎？」文石果然有測試案發地點的距離與時間。

「也許當時塞車吧。」

「星期六不是例假日嗎？」

「在台北市，塞車應該很平常吧。」

「哦，也許吧。」文石上身突然向前傾，盯著徐涵妤的臉：「也許妳提早離開後，並沒有直接回家？」

「沒有直接回家？那我去哪裡？」

「也許先去見某個人，從那個人的手上拿了一件跟本案有關的東西才回家？」

「異議！對假設性的事項為詰問！而且那個人是誰？交給證人什麼東西？也沒有證據支持有這些事實。」楊錚大聲插嘴。

「辯護人，你剛剛以假設的方式詰問，有何理由？」審判長問。

「審判長，因為檢方以警員邱品智的證詞，呈現凶刀是在被告家中被搜出，用以證明殺人者就是被告，但我將以對證人的詰問方式來推翻檢方的論證，若不以假設性的問題詰問，在證人與被告有夫妻關係的情形下，有無法還原事實的疑慮。」

「就算有正當理由，那個人是誰？交給證人什麼東西？也是抽象不明確！」楊錚像隻訓練有素的獵犬，對於文石詰問過程中的程序問題緊咬不放。

「以下的詰問會讓事實還原，也會愈來愈具體，請檢座放心。」

「現在你的問題就已經不符合刑事訴訟法關於詰問的限制！」

「這樣吧，如果我以下的詰問仍然無法讓剛剛的問題具體明確，請庭上再回頭從筆錄上刪除我的問題，好讓檢座安心可以嗎？」

審判長與受命法官低聲交換意見後裁示：「本庭認爲，辯護人的問題與待證事項間的關係，尚未經由完整的詰問過程呈現，因檢方的異議中斷，有必要讓辯方繼續呈現，問題亦非不明確，所以異議駁回。證人請回答。」

徐涵好看來有些錯愕，似乎不太明白檢辯雙方在爭執什麼，但隨即依審判長的裁示，答道：「不可能，我記得我是直接開車回家的。」

「請問，妳家中除了妳和被告外，還有其他家人同住？」

「沒有。」

「你們沒有小孩？」

「沒有。」

「所以，除了被告以外，只有妳有家中的鑰匙可以進出？」

「是，但是警方也有可能不用鑰匙就破門而入。」

法庭內傳來一陣低聲的竊笑。

「也就是說，本案的凶刀出現在被告的家中，有可能是被告行凶後帶回家；有可能是警方在案發現場找到凶刀，追蹤到妳家栽贓給妳先生；但第三種可能就是妳把凶刀帶回家，放在廚房裡的垃圾筒裡？」

「這——」徐涵妤瞪大了眼睛，張開的口說不出半句話，她以不可置信的震驚表情望著文石，再望向法官。

我的頭皮在瞬間發炸！手臂上的寒毛被高壓電通過一般爆開！

這是怎麼一回事——

白琳和我相對一顧，也是滿臉錯愕。

文石在幹嘛？他在懷疑自己的委託人，而且企圖當庭證明自己的委託人涉案嗎？

文石呀文石！雖然我知道你經常秀逗短路、偶爾還會神經神經的，但拜託症頭可別在這種時候發作呀！

「怎麼可能！文律師是吃錯藥了嗎？」幾秒後徐涵妤回過神來，語氣中盡是憤怒：「審判長，現在你知道我為什麼要解除對文律師的委任了吧！他不盡力為我先生辯護在先，現在是怎樣，乾脆質疑自己的委任人？在法庭上指控被告的配偶？是報復我剛才當庭解除對他的委任嗎？這樣沒有違反律師倫理嗎？」

「異議！律師不得有足以損及其名譽或信用之行爲，爲律師法第二十九條有明定，文律師的詰問有違法誘導之嫌。」楊錚像艘戰艦般火力全開。

審判長用難以理解的表情看著文石：「異議駁回。」

書記官在鍵盤上彈指，把證人否認之詞輸入電腦筆錄內。

「庭上，不要忘記這個證人是辯方要求傳訊的，要求證明的待證事項是警方的違法搜索，以辯方的立場，應該是要找出對被告有利的證據，現在辯方找不到證據，只是打算找一個替死鬼嗎？」楊錚不服氣，繼續攻擊道。

審判長難以理解的眼神仍然停在文石臉上：「檢方立論的出發點是文律師可能以違背其受任任務的方式在詰問，甚至可能搞出不利於他當事人的結果，不過，那是他自己是否要負的懲戒責任、以及他的委任人是否要追究的問題。而且，本庭要提醒檢方，他現在的委任人是被告本人，而不是在庭的證人。這樣，檢方還有異議嗎？」

楊錚瞪了文石一眼：「你小心，我會考慮是否移請懲戒的。」

「我可以繼續了嗎？」文石聳聳肩，蠻不在乎的樣子。

「請繼續。」審判長道。

「如果剛剛的詰問讓妳不太高興，請勿見怪，刑事法庭裡很少有讓人愉快的問題。」文石用拇指輕刷自己的鼻翼：「這個案子發生後，告訴人方哲珍有沒有跟妳接觸？」

徐涵妤深吸一口氣，企圖平復剛剛激動的情緒：「有，對我大罵，她認爲我老公該被判死刑贖罪，還說一切都是我害的。」

「她爲什麼認爲是妳害的？」

「她認爲被告會行凶，是因爲要爲我出頭報復。」

「妳如何知道她是這麼認爲的？」

「她罵我的時候有這麼說。」

「就妳身爲被告的妻子，以妳對被告的了解，被告會因爲妳一直遭被害人性騷擾而生氣？」

「他會生氣，但是不可能衝動到殺人。」

「這麼說來，方哲珍是誤會妳老公？」

「當然。不只她，警方和檢察官都誤會他、冤枉他。」

「害他被當作殺人犯、被起訴、被收押，妳身爲被告的妻子，妳會不會覺得委屈？」

「會。」

「妳會恨方哲珍嗎？」

「會。」

「爲什麼？」

「方哲珍的先生經常騷擾我、方哲珍又害我的丈夫被冤枉，我當然恨她。」她回頭瞪了旁聽席上的方哲珍，說得咬牙切齒：「在公司就經常仗勢欺負下屬，還要陷害別人坐冤獄，夫妻兩個我都恨。」

「眞的是因爲這樣才恨她？」

「當然！」

「不是因爲由愛生恨？」

「……？」徐涵妤怔住，不知如何回應。

我以爲我聽錯了，望了白琳一眼，發現她也蹙眉不解。

「不是因爲由愛生恨？」文石重覆問題。

法庭內這時若有一絲塵埃飄落在地，恐怕都會把在場的人嚇傻。

徐涵妤眉頭抽搐、嘴角顫抖，她雙手握拳，表情由驚愕轉爲暴怒，聲調變尖亢，彷彿被人從地面故意猛力推入無底深溝：「你在胡說什麼！」

「我再問一次，妳恨方哲珍不是因爲由愛生恨嗎？」

「……」她緊握的雙拳也開始顫抖。

我眞擔心她會衝上去搥他。

「我的意思是，妳原本是愛著方哲珍，後來由愛轉爲恨她？」

「異議！」楊錚再度插嘴異議。

「啊？」審判長頓了三秒，從驚異中抽離般轉頭望向楊錚：「異議的理由是什麼？」

「以侮辱的方法詰問！」

「我哪一句話侮辱證人？」文石大聲反擊。

「辯方在影射證人是同性戀！」

「同性戀很可恥嗎？是不名譽的嗎？選擇終身伴侶的對象是同性而非異性就是怪物嗎？會這麼認爲的人是不是在歧視同性戀者？若是這麼認爲，是否自己就先戴上了偏見的眼鏡？檢座會罵別人同性戀、會以gay或lesbian來辱罵別人、貶低別人的人格嗎？不會吧？如果不會，怎麼會認爲我的詰問有侮辱證人的問題？」文石回擊的火力猛烈。

審判長兩手一攤，對楊錚道：「你聽到了。駁回。」

「證人應回答。」審判長再對證人說道。

「……我不是。」她的聲音聽來是極力壓抑著什麼。

「妳原本是愛著方哲珍，方哲珍也告訴妳她是愛妳的，而且只愛妳一個人，是不是？」

「沒這回事。」

「妳們的這種感情關係，妳不敢讓妳先生知道，像許多的同志一樣，總認爲不會得到祝福，也很難得到認同，所以妳躲在形式上的婚姻保護傘裡，卻難以抑制內心眞實的情感，在這種矛盾與衝突、困難與掙扎中，妳和她發展出的感情，比一般的男女感情更刻骨銘心，不是嗎？」

「沒有這種事。」

「如果不是，爲什麼妳要幫她殺她自己的丈夫？」

「我沒有。」

「這是哪來的混帳律師，竟然在這裡顚倒是非，法律可以容忍這種毫無根據的問法？這種人可以穿著律師袍在法庭裡胡說八道？這個國家還有法律嗎？」旁聽席上爆出激動地叫罵，眾人的目光轉過來：是方哲珍！她站起來指著文石，狠狠地瞪著他。

「安靜！現在在進行審判，未經同意不得隨意發言！」審判長高聲斥道。

「把被害人當成凶手嗎？太可惡了！這還有天理嗎？法律不講證據了嗎？」方哲珍的怒火難遏。

「旁聽席上若有人再擾亂法庭秩序，就請出去！」審判長再次高聲警告。

原本在江長賢身後的法警反身向方哲珍比了個手勢，嚴厲注視著她；她才臭著臉坐下。

「辯護人請繼續。」

「妳說沒有，爲什麼頂替她出席新裝發表會？」

「我沒有。」

「爲什麼幫她把刺殺李俊的水果刀帶回家，放在廚房的圾垃筒裡？」

「不知道你在說什麼！」

「她給了妳什麼樣的承諾，讓妳寧願犧牲自己的婚姻、犧牲這個最重要的保護傘？」

「沒有。」

「她是不是說今生只選擇妳一個人、只有對妳是唯一眞心的？」

「沒有。」

「如果沒有，妳找趙超做什麼？」

「沒有……」

「不是要將『珊瑚』賣給他？」

「沒有……」

「如果對她不是因愛生恨，需要利用趙超毀掉她？」

「……沒有。」她緊握的拳鬆開，不自覺在腿上搓著。

「一切會變調，只是因爲她一再背叛妳？」

「……不是。」

「今生只選擇妳一個人、只有對妳是唯一眞心，這樣的承諾，妳經常在想，之前是不是也曾對羅宇萍說過，對不對？」

「……不對……」

「而現在這樣的承諾，聽在妳耳裡，備覺心痛，因爲現在她又對別人說了，是不是？」

「……」

「她現在轉向吳萱萱說這種話了！對不對？她又移情別戀了？還是時下所謂的，妳被劈腿了？妳被她甩了？」

「……」

「證人不回答，是因爲不知道，還是忘記了？」

「……」她的肩部微顫，一字一字用力吐出：「是因爲不知道你在說什麼。」

「眞的嗎？那讓我來幫助妳理解。」文石起身，右臂直伸，手上的筆往旁聽席上指來：「請妳回頭看那位小姐！」

徐涵妤回頭。

法庭內所有的人都回頭。

蛤？這——！

所有人的目光竟然都投射過來，照在我的身上！

像忽然被從幕後推出舞台上，投射燈刺得我瞳孔急縮，讓踉蹌的我不知所措。

文石對我作了一個起立的手勢。

我似著魔般起身。

我身上穿著羅宇萍設計的「春天的黃昏」：一件鵝黃色的及膝禮服，領口還有綠色的羽狀裝飾。

「那件禮服，妳應該知道我在說什麼了吧？」文石冷冷道。

這是最致命的一槍嗎……

徐涵妤的肩部顫抖得更厲害，眼角鎖著淚，臉頰漲紅。

她最痛苦、最難熬的防線被倏忽撤開，內心的委屈、不安、忿恨、怨念，瞬時傾洩潰堤……

她咬著牙，用齒間相磨的聲音迸出：「那是羅宇萍爲她設計的情侶裝，說是什麼見證她們倆的愛情——」

「結果呢，妳成爲她們的第三者？」

「……是她說她已經不再愛羅宇萍了，說什麼我們能不同於別人，可以不管世俗的眼光……」淚痕滿頰的她，已哽咽難抑：「枉費我相信她，爲她做了這麼多……也許她這些話現在改對吳萱萱說了……」

「爲她做了什麼呢？」

「……」她掩面痛哭。

「爲她把凶刀帶回家？」

「……」

「爲她到墾丁指示殺手下海潛水，對自己先生的辯護律師行刺？」

「……」

「直接解除委任不就好了？爲什麼？」

她止住了哭泣，望著文石幾秒：「她說你知道的祕密已經太多，不能讓妳破壞她的王國。」

我覺得自己的心跳與呼吸應該有幾秒是停止的，相信在場的人也應該有和我一樣的反應。

「我問到這裡。」

直到文石把手中的筆往桌上一扔，發出劈啦一聲，眾人才回過神來。

「胡說八道！這是什麼證詞？爲了幫自己的先生脫罪編故事嫁禍別人嗎？荒唐！編故事演戲也能當證詞！什麼狗屁律師呀！」方哲珍狂吼起來，歇斯底里地叫罵。

「安靜、安靜！」審判長提高聲調制止，法警立即往方哲珍身邊靠過去。

「不用趕我，這種亂七八糟的法庭我已經聽不下去了！我自己走！」她起身就要離開，返身時卻突然怔住。

我太專注於法庭前的情況，何時邱品智與另一名刑警已經悄然進入法庭、坐在身邊的旁聽席上，我都沒發現。

他們見方哲珍起身要離開，也起身趨近她。

審判長見狀，認出邱品智：「邱警員，什麼事嗎？」

「文律師被刺一案，我們經由綠色跑車的車牌追查，發現跟方小姐、徐小姐有關，想請她回我們組裡說明。」

法庭內爆出驚訝的嘆息聲。

庭上三位法官立即低頭交換意見。

「檢方還要反詰問嗎？」

「沒有。」楊錚對於庭內的變化可能也一時無法反應。

「本案今天不辯論結終，延期再續行審理。」審判長裁示道。

文石搖搖頭，雙臂交疊枕在腦後，望著天花板，嘴裡開始嚼起花生米。

16

退庭後，因為下午在高等法院台南分院還有另一個案件要出庭，文石直接南下沒有回事務所，以致到底他是如何發現眞相的，我們只能等他回台北後再問他。

但是網路上的新聞首頁，和傍晚在超商上架的晚報，卻出現了進一步的消息。

報導內容大抵是說，網路上流傳一段女同志的性愛影片，被人認出影中之人疑似為某國際精品時裝公司的知名方姓設計師。

消息傳出，引起時裝界一陣譁然與側目。

時裝公司為保住名聲，董事會已經緊急開會商討對策，據知情人士指出，會中已決議拔除她總設計師的職務，甚至有人提案要求她辭去董事。

此事件，已引起該時裝公司的人事大地震。

同時也已經引起警方的注意，開始追查是誰將這段影片上傳網路，並表示很快就能把人揪出，追究妨害祕密的刑責。

我想起上午在法庭，文石曾詰問徐涵妤是否因愛生恨、把「珊瑚」賣給趙超，想利用趙超之手毀掉方哲珍的那一幕。

我說出我的看法，白琳也認同。

「啊呀，那麼，那個在捷運上的灰帽人，應該就是徐涵好了嘛！」我恍然大悟叫道，並把在捷運跟蹤趙超的事說了出來。

「這樣說來，就是那個姓趙的把檔案『珊瑚』傳上網的囉？」

「太缺德了！」

「該死的趙超！」

「男人帥眞是一點用都沒有，牙那麼金，心卻那麼黑！」

「祝福他早一點被警方抓到。」

對於趙超的卑鄙行爲，小蓉、白琳和我都齊聲唾罵。

報導中還特別提及該名設計師之夫日前發生遭人殺害事件，今日在地方法院審理中竟爆發疑似該名設計師亦捲入弒夫之列，但因眞相尙未獲得證實，警方正在作進一步的調查，相信案情很快會明朗等等。

幸好報導尙未提及文石，不然大批記者湧進事務所，文石不在，我們應付起來也很傷腦筋。

星期五下班前，都是事務所例行會議的時間。我們三個人圍在一起討論，見許律師從辦公室出來道：「妳們嘰嘰喳喳了半天，該開會了。」才意猶未盡地步向會議室。

「剛才好像聽到妳很生氣的說男人帥一點用都沒有什麼的，是在說什麼？」走過許律師身旁時，他問我。

「噢，不是在說你。你帥，就眞的很有用。」

「是嗎？」他不自覺地用手掌往鬢邊抹去。

我和小蓉相視一笑。

大家都坐定後，林律師步入會議室。他掃視我們一眼：「怎麼沒看到文律師？」

我立刻向他報告文石的行程，還特別詳盡地報告上午在法院開庭的經過。

在座的許律師和方律師都聽得目瞪口呆。

「這樣太危險了，和原先的委託人對立，如果被認爲違反律師倫理，萬一被送懲戒，那整個事務所的名譽不就掃地了嗎？」方律師顯然不認同文石的詰問策略。

「如果是方律師發現了眞相如此，又會怎麼做呢？」

「當事人對我們不老實，當然要解除委任呀！」

「那被告的權益呢？」

「他可以另外請別的律師辯護嘛！」

「這樣好嗎？這樣不是形同放棄了你的當事人？」

「什麼嘛！當然是我們事務所的名譽最重要呀！」方律師提高聲調。

我完全不能苟同他的說法，不自覺嘟起嘴。

「這麼說來，我仔細回想，當初那個徐小姐來委任的時候，還眞的有點怪哩。」林律師摸摸下巴的鬍，突然說道。

「哦？有古怪？」

「嗯，她來的時候，與其他的當事人一樣，先是說了一些久仰大名、指名要我擔任辯護人的話，但是當我告訴她，我已經是老闆了，接案後都是視案情狀況、指派給旗下的律師承辦，自己則退居指導的角色，她一點也沒有失望的樣子。」

「這也不是只有我們這裡是這樣吧！」方律師回應道。

「不過，其他的當事人在這種情形下，多會要求我指派對案件屬性有專長經驗的律師。比如說，商務方面的案件，我當然就推崇方律師啦，因爲我會標榜方律師顯赫的高學歷、幫過哪些大財團、上市公司解決過什麼樣的糾紛；又比如說，如果是離婚的案件，我就會極力稱讚許律師爲哪個知名女星打贏過官司。這樣，就很少有當事人不欣然接受的，當然也會馬上把案件委任我們了。」

方律師和許律師都猛點頭，看來對老闆的說法極表認同。

「但是，這個徐小姐在我把三位律師都大力推崇了之後，仍然面無表情，好像都不滿意，我只好再說，不然，我們還有一位很優秀的文律師，辦刑案的時候也非常認眞。」

「她就馬上要委任了？」我急著問。

「呃，不是耶，她仍然面無表情。我猜想，她應該原本是指定要我本人出庭辯護的，但見我無意親自上陣，也許已經決定準備要走人了，所以——」

「所以林律師也就沒有再多推薦文律師什麼優點或長處了？」

「那，當時……我也實在想不出文律師還有什麼可以推薦的了嘛……呃哼——」林律師不自覺地往門口瞄了一眼，也許他不小心說出內心眞實的印象，怕被突然回來的文石聽見，趕緊乾咳一聲掩飾：「結果，她只問了我一句：『他很忙嗎？』我回答她：『因爲他太忙了，所以不太敢先推薦給妳』，想不到她就說要委任了！」

「蛤？」我們不約而同發出驚異聲。

一般來說，當事人委請律師，都會希望律師多花些心力在自己的案子上，太忙的律師，當事人會擔心律師辦案的時間精力被其他案件瓜分掉了。

「我還提醒她，文律師這個人有點怪，有時會出現一些奇怪的舉動言行，而且他是我們事務所年資最淺的律師，這樣也沒關係嗎？她很直接地說，沒關係，就指派給他好了！你們說奇不奇怪？」

原來如此。

要江長賢當替死鬼，不能讓他起疑，又不能爲他找一個太認眞的律師，萬一認眞到把事實眞相連根挖出，豈不自找麻煩；所以愈忙、愈沒經驗、愈不正常的律師，不但不容易讓眞相被挖出，而且她深愛自己丈夫的假象也不會有破綻。

這也就解釋了柯勝利爲什麼會出現在法庭上的原因。

這個答案，後來我與文石討論，他也認同。

後來的會議都是一些例行公事的提案和討論，我根本漫不經心，只想趕快知道爲何文石會參透案情眞相。

步出會議室，已經是下班時間，我收拾桌上的文件資料，同時把案卷抱進文石的辦公室。

他桌上的電腦忽然傳出叮咚一聲。

我按下Enter鍵，畫面浮現。

是小優傳來的留言。

我心中頓時也傳來叮咚一聲，手指在鍵盤上快速來回敲著……

* * *

我和白琳、小蓉進入「紫羅蘭」時，店內的客人只有稀寥幾人，空氣中漾著輕鬆的小提琴聲與咖啡味。

文旦坐在角落那個習慣的位置，拿著個瓶子在搖著。紫娟佇立在桌旁，讓手中果汁機攪拌杯裡的液體，緩緩倒入他手中的瓶子裡。

「什麼好喝的？」我們落座後問。

紫娟蹙著眉、苦笑著：「好不好喝我不知道，不過鈴芝，妳看這顏色……」

「唉喲，什麼味道？」一陣異味的飄來，我不禁怪叫。

「妳們來啦？今天被妳們撞見我研發新的有機飲料，眞是幾世修來的福報。」他的目光不曾從手中的瓶子移開，滿是興奮的表情與語氣；「登登登等！我的『有機推理智慧茶』成功了！紫小姐，快拿個漂亮的杯子來，我要搶先試飲。」

「什麼東西呀？」

「文律師叫我把香蕉、橘子、西洋芹菜和綠茶茶葉，連同冰塊一起放進果汁機裡打。」紫娟柳眉微顫，壓低聲音，唯恐被其他客人聽到誤會「紫羅蘭」竟然給客人喝這種東西，會影響店譽。

「噢，那還好，聽來很健康哩。」

「可是……他還放了一些調味的東西一起下去打。」

「什麼？」

「蒜頭、羅勒、花生米和深海魚油。」

「吔——！好噁喲！」我們三個像被電到一般往後彈開，連忙摀住鼻子。

「喂，請尊重我的智慧財產好嗎？妳們這樣，這茶會傷心的。」他從紫娟的手中接過精美的古典磁骨杯，把那瓶中黃濁的液體倒入杯中。

我光聽了都傷胃。

「有機推理智慧茶，幫我助長智慧吧！」他舉杯；「謝謝妳們要我請妳們吃飯，不好意思，因爲我是專利權人，所以可以讓我先試喝嗎？」

「你忙、你忙。」我們不約而同做出請的手勢。

他頷首示意，啜了一口，讓那黃濁的液體在口中滾了一圈，兩眼眨呀眨的，像在品酒一般，然後才吞下喉，露出驚喜的表情。

接著就咕嚕咕嚕把整杯全喝下肚，最後爆出讚嘆：「啊！好茶！紫小姐，趕快再拿三個杯子來，我請妳們一人喝一杯。」

「不、不、不用了吧……」我們三人連忙搖手。

「妳們不知道，這茶有水果的香甜、綠茶的回甘，而且有芹菜的纖維，不但味道好，又健康，最重要的，加了花生與魚油，有助醒腦增強智力——」

「小姐。」門口那桌的客人向紫娟招手，看來是被文石研發的茶飲所吸引，不知死活地也想叫一杯，害得她趕緊過去解釋。

「行了行了，我們待會兒再喝，先講一下你是怎麼知道徐涵好和方哲珍的關係吧！」

「噢，本來沒發現，後來因爲一些線索才開始懷疑她的。」

「到底是怎麼回事？」我心中暗吁了一聲，終於把話題導入我們來這裡的目的。

「首先，我們面對的是檢察官起訴時的鐵證如山，人證、物證俱在，指訴的動機、手段都很明確，江長賢還有沒有可能不是凶手？如果完全沒有可能，那麼他就要為自己的衝動背負殺人罪的刑責。但是如果還有可能，那麼就該把可疑之處呈現出來，而且要以證據來說服法官。會從這個角度切入，是因為最高法院有判例，說是認定犯罪事實所憑的證據，須達於通常一般人都不致有所懷疑、而得確信為實的程度，才可以為有罪的認定，如果還有合理的懷疑存在，未能達到有罪的確信時，就要為無罪的判斷。」

嗯，這則判例我唸過。我和白琳互看一眼，都點點頭表示合理。

「所以我先檢視檢方起訴的證據。第一個可疑的地方是證人郭一聖的證詞，他被江長賢撞傷，又認為江長賢是殺害住戶的凶手，所說的證詞當然要先小心求證。」

「意思是，他說的證詞有可能加油加醋？怎麼證明哪一段的證詞不是事實？」

「不容易證明，而且，我也不認為他有偽證的動機，就算證詞有小部分誇大，但是我相信就親眼看到的部分，他是不敢作假證的，因為妳們別忘了，警員力義作證說，一樓大廳是有監視錄影的，郭一聖在有監視錄影的情形下，他敢亂說沒看到的事嗎？」

「對呀。」

「那，這樣他的證詞還有什麼好懷疑的？」

「正因爲這樣，才要懷疑呀。因爲凶手是利用他的刻板印象呀！」

「咦？」

「心理學上所謂的刻板印象也有人稱作刻板效應，就是人類會對某種人或某件事，習慣用以往的經驗、既定的偏見或想法去判斷眞相，但這種判斷往往與眞實有出入。例如妳聽到深夜的狗吠，第一個想到的是什麼？有陌生人靠近家宅門前了，可能是小偷，對不對？但如果妳打開陽台的落地窗，探頭出去求證，也許會發現其實只是一隻流浪狗經過而已。」

「狗叫聲和郭一聖有什麼關係？」

「他作證時說什麼？說他看到江長賢走過他面前時，殺氣騰騰、表情好像剛殺完人，對不對？這種描述，大概是先入爲主、認爲對方確實有殺人，才會在法庭上這樣講的吧！但是，他並沒有在場目睹被害人被人刺殺的過程，對吧？所以，有沒有一種可能，有人要他這麼認爲、要他這樣先入爲主？」

「啊？可是——」

「可是，爲什麼我會這樣想？因爲那一通從十樓之一的對講機打下來的通話呀！妳們知道嗎，這世上最厲害的醫師是誰？」

「誰？華佗？」

「我們每個人的大腦就是救我們最厲害的醫師！當我們的身體遭受外來的侵害，特別是已經有生命上的緊急危害時，我們的大腦及免疫系統會在無法預測出的極速情形下，釋放出自救與求救的訊息及反應，以確保生命不致喪失。所謂自救，例如身上受刀傷、擦傷，就立即指派白血球、抗體去對抗入侵的細菌，血小板也會立即發揮凝血功用，以免發生血流不止或失血過多的情形。而所謂求救，就是視危急狀況的嚴重性如何，本能反應地向別人求救。」

「啊！所以……」一個念頭飛過腦海，疑點在迷霧中像一個小光點乍現，我不禁叫了出來。

「所以，當李俊的背上被人插入一把刀、已經氣胸了、已經血流流不止了，他的大腦、他的本能反應，會立即叫他做什麼？打對講機叫樓下的管理員攔住凶手嗎？」

「他應該會叫人趕快來救他！」

「對啦，所以，」他把杯子往我臉上移來：「妳的反應慢了一點，要不要來一點智慧茶？」

一股蒜味襲鼻，我瞪他。

他把手縮回，「李俊當時應該已經癱軟在客廳的地上、痛苦地呻吟著，心中只想著：誰來救我，我快死了。但是，郭一聖卻接到了對講機打來要求攔人的通話，這不是很奇怪嗎？唯一想得到的，是有人故意要郭一聖認爲江長賢就是剛剛行凶的人，所以按了對講機，也故意壓低了聲音，還裝出很痛苦的喘息聲。」

「我想起方哲珍的嗓音是低沉有磁性的，那麼僞裝成傷重的李俊與郭一聖通話，應該不是什麼難事，特別是在那種聽到有人被殺的驚駭狀態下，郭一聖應該也無心分辨或聯想到是不是有人僞裝的吧！這不就是利用他先入爲主的刻板印象嗎？」

紫娟過來爲我們點餐：「美女們還是吃義大利麵？文律師還是栗子雞飯？」

文石馬上接道：「妳看，紫小姐來爲刻板印象作另類的見證了。」

我們四人異口同聲：「和以前一樣。」

紫娟貼心地回應：「馬上來。」

「如果只是因爲她是死者的妻子、近水樓台，比較容易下手，那每件凶殺案被害人的配偶都一定是最大嫌疑人，結婚也未免太危險了吧！」小蓉說出她的不滿意。

「而且，就算不是聲音很低沉，也可以把聲音壓低僞裝吧？」我也故意裝出粗聲附和道。

「當然不只這樣就懷疑她。我發現另一個更不合理的狀況，還記得郭一聖的證詞有說到：李太太在案發前約一個禮拜起就是由她的朋友吳小姐開車搭載，沒有自己開車，所以她不是從地下室停車場的電梯進出，而是從一樓大門進出……」

「那，也許是因爲她的車子要保養、或進廠維修，所以請人搭載囉！」

「也許，甚至只要她自己故意把車胎刺破、或把保險桿擦損，就可以讓車子以保養或進廠維修爲由，讓人認爲她必須搭吳萱萱的車上下班。」

「故意？」

「用意在製造不在場證明呀！」

「你是說，她故意讓郭一聖知道她的車保養或進廠維修、或讓他知道她是搭別人的車上下班，好讓郭一聖成爲她的不在場證人？這又是從何懷疑起呢？」

「從她搭的車呀！妳還記得她平日開什麼車？」

「我當然記得，是凌志的進口轎車，還讓你的小白車追到快解體斷氣。」

「那吳萱萱開的是什麼車？」

「雅綠絲。」

「唔。凌志又大又貴氣，但這不是她選這款車的唯一原因，另一個原因就是她的腿很長，坐大車，空間大，不會侷促難過，特別是不會讓她的腿不知伸放何處。但是雅綠絲呢，它則是一款適合在都市裡跑的小房車，如果想要省油、好停車，倒是可以考慮，但是把它當成不在場的證明，就很怪很不自然了。因爲一個身高一百七十五到一百七十七公分的人坐進它的前座，膝部到駕駛台間只剩十二公分的空間、距離排檔桿也只有十四公分而已，這還是乘坐者坐直的狀況，若直挺挺坐在後座，膝部距離前座椅背更只剩八公分的活動空間，這樣坐起來太侷促了，尤其是長腿的方哲珍，不是應該更不舒服嗎？」

「連這個你都知道？」小蓉驚奇道。

「啊！」我突然記起一幕，脫口叫道：「你在屏東南灣路的路邊從一輛車旁冒出來，原來是趴在地上測量雅綠絲的車身和軸距長度？」

「唔。咦，不然妳認爲我在幹嘛？偷車嗎？」

「第二個問題是，她如何躲過大樓的監視器？」小蓉還不知道的那個二樓整修中的牆洞，我和白琳把文石發現的過程告訴她。

「也就是說，她先從那個牆洞返家在屋內，等衝動的江長賢跑來找李俊大吵了一架，直到見江長賢下樓離去，她就從房間裡出現，在自己的老公背上插上一刀！」文石說明她的行凶過程；「然後僞裝成李俊痛苦的聲音，按對講機給樓下大廳的郭一聖，自己眼睜睜看著李俊斷氣，再從大樓的樓梯從容下樓，由整修中的二樓牆洞離去。」

「好，她嫌疑重，如何求證你的推論是事實呢？」一直靜靜聽著的白琳忍不住問道。

「在法庭上，我一方面提出傳訊證人張澤水、吳萱萱，企圖動搖檢察官所提證據的穩定度，但在此之前，我和鈴芝已經開始接近方哲珍的飛珣時裝公司，從專櫃、新裝發表會、網路上找她公司的設計師，甚至中途自己找上來的人事主任趙超，每一條可以掌握的線索我都不放過，」文石望著杯中的茶汁，想到什麼似的，竟拿起桌上的胡椒粒加下去：「因而得到了兩個重要的事實，一個是，方哲珍因爲李俊的花心愛玩，是根本與他貌合神離，甚至可以說是對李俊厭惡至極，只差沒離婚而已。另一個則是，公司裡許多設計師、員工，都視方哲珍爲公司眞正的上司，甚至有許多人是極爲崇拜她的。」

我想起羅宇萍和我的對話，也想起吳萱萱的證詞。

「這兩個事實，可以支持我關於方哲珍有殺李俊的動機、和爲什麼吳萱萱要配合她製造不在場證明的推論。」文石把杯中含有胡椒粒蒜味和羅勒味的茶水往嘴裡送：「但是她要殺夫，卻要江長賢揹黑鍋，如何才能遂其目的？她可以設計激怒江長賢，讓江長賢衝動地使人誤以為他要殺了辱妻的好色之徒，什麼方法都可以，但是，如果是她自己設計，日後警方調查起來，勢必會把她扯進來。所以，她的第二個不在場證明，就是出席在聖心西亞大飯店的新裝發表會，讓所有與會的人，甚至攝影機都幫她的行蹤作見證：案發當時我方哲珍確實不可能出現在家裡，就更不可能發生殺死李俊的事。」

「可是，新裝發表會的錄影顯示，她應該不曾離開會場返家殺人的呀！」

「所以，下手殺死李俊的人是徐涵妤？」

紫娟把我們的餐點送上來，文石迫不及待地把他發明的智慧茶倒入飯裡，讓我們目瞪口呆。

「柚子，你把它當咖哩嗎？」白琳驚異道。

他不理白琳，用湯匙挖了一大口吃下，還嚼得津津有味：「哇，歐伊細！」

「殺死李俊的確實是方哲珍，而且她也有離開會場。」

「怎麼會——？」我不禁又叫出。

「妳回想一下我傳給妳的錄影紀錄片，她真的沒有離開過嗎？」

「呃……」我的回憶像死亡前三秒鐘的跑馬燈：「嚴格說起來，她有起身離開大約四、五分鐘。」

「那這不就是她溜回家去殺人的證明了嗎。」

「哼哼，我以爲你的智慧茶有多厲害，原來也不過是有異味的黃汁而已。」我終於逮到他推理的漏洞，「我可是有現場模擬的，時間上，從飯店開車，再快也沒辦法在五分鐘內來回的，所以，她根本不可能利用這五分鐘行凶，她應該只是去洗手間補妝而已。」

「妳確定妳看到的人是方哲珍？」他冷冷地說。

「噯？」白琳與小蓉睜大眼睛。

「難道……你的意思是……」我的思緒被一片烏雲罩上，又飛散開來：「哎呀，原來——」

「原來怎樣？」白琳與小蓉的四顆大眼睛轉向我。

「方哲珍在離席後，就返家殺人，然後由徐涵妤頂替她返回席位，讓人以爲她只是去了趟洗手間？」我難以置信，失聲叫道：「怎麼可能？難道只是因爲——」

「怎麼不可能？桌上是她的名牌，黑色套裝、著黑色小呢斜帽、黑色墨鏡，臉上濃妝豔抹，看起來很酷，她們兩人如果都作這樣的打扮，妳會不會認爲是同一人？」

「我不可能分辨不出來的呀！」我也是愛面子的人，不甘願認輸道。

「她還是那一招：刻板印象呀！妳看到『總設計師方哲珍』的名牌，有九成的可能就會認爲坐在那裡的人就是名牌上那個名字的人了，不是嗎？」文石得意地盯著我；「我化妝成快死的老頭子坐在妳旁邊，妳不也是沒發現，只怕我身上的老人味蓋過妳的香水味？」

「哪有！誰在法庭會注意一個旁聽者會是誰裝的呀，變態！」

他笑了，紅紅的唇中露出雪白的牙。

「爲了讓方哲珍和徐涵妤鬆卸心防，認爲我被她找人刺傷後不敢再出庭，讓她們認爲我已經放棄追查眞相，所以暫時沒有告訴妳們我的計畫，好讓她們覺得嫁禍給江長賢的詭計已不再有可能被人發覺，直到我觀察她們已完全放心了，才突然變回原形！哈哈。只是，讓白琳辛苦了，眞是抱歉。」

白琳苦笑搖頭：「眞是服了你。」

我還是不認輸，思緒快如飛梭，突然靈光一乍：「等一下！有矛盾！有兩個漏洞！」

「請講。」他大口嚼著沾滿黃汁的栗子，還發出咯咯的聲音。

「方哲珍在五點四十五分離席，五點五十分回座，回座的人是徐涵妤化妝的，但是，回座的人在六點二十五分的時候，總設計師可是有上台致詞的，那聲音確實是方哲珍，不是徐涵妤能假裝的。還有，你大概忘了，命案發生的時間是在五點三十分呀！她五點四十五分是要去再刺李俊一刀嗎？那時命案現場的大樓裡可都是警察呀。」

「妳說的沒錯啊，妳注意到的疑點都是對的。」他學白琳、小蓉睜大了眼睛望著我：「所以，離席的人不是方哲珍、回座的人也不是徐涵妤呀！」

17

「啊呀！」我像觸電般，擊掌叫出。

我望向白琳，白琳應該也是恍然大悟，快速頷首。

「離席的是徐涵妤、回座的才是方哲珍！」我和白琳異口同聲。

「要不要喝？會更聰明喲！」他又拿起那瓶茶。

「先入座的是化妝好的徐涵妤，她不發一語，又學方哲珍裝得酷酷的，加上會場上的主角是伸展台上的模特兒，誰都會誤認爲她就是總設計師本人吧。」我努力平復心情，緩緩道。

「而這個時候，方哲珍其實是從威遠大樓的二樓工地牆洞潛回家中房間裡，就算被李俊發現，自己的老婆回家了，哪有什麼好懷疑的。另一方面，徐涵妤入座前就先以電話向江長賢哭訴又遭李俊羞辱，衝動的江長賢當然中計了，就趕赴李家。方哲珍等兩人發生口角衝突、李俊把江長賢趕出門後就下手，並在約定的時間抵達會場，應該就是約在某一樓的洗手間吧。她將凶刀交給離席佯裝要來補妝的徐涵妤，把徐涵妤身上的服裝換上，再以本尊的身分回座；而她的分身徐涵妤就趕回家，悄悄將凶刀放進廚房的垃圾筒裡，讓那把原先屬於家中的水果刀靜靜地躺在那裡等著警方來搜，隨即再返回飯店假裝原先就在囉。她不是說當天她在會場的工作是機動的、甚至可以先離開的，還記得嗎？」文石盯著那瓶黃濁物，彷彿透過它就可以看到案發當時的經過。

「原來如此。不過，徐涵妤攜刀返家時不是會遇上江長賢嗎？」

「就算遇上了，她只要趁江長賢不注意時把刀放進圾垃筒、找個理由再出來就可以瞞過了。」

「江長賢沒有懷疑過自己的妻子嗎？」

「要說沒懷疑過我可不信，不然妳以爲他爲什麼只要求傳訊徐涵妤，難道不是想要解開心中不願承認的疑惑嗎。」

「可是，我認爲李俊確實可惡，輕薄無賴的舉止都已經傳到第一線的專櫃銷售人員耳裡了，徐涵妤被李俊騷擾應該不是空穴來風吧？那爲什麼徐涵妤還要和方哲珍共犯此案呢？」我想起在百貨公司TM服飾專櫃前和店員哈拉聊八卦的情景：「還有，吳萱萱又爲什麼甘於配合方哲珍呢？」

「因爲她們以爲遇到眞愛。」

「眞愛？你是說徐涵妤愛方哲珍？而且吳萱萱也愛方哲珍？」

「這怎麼可能？」也許我們三個都不是同性戀，所以聽到了還是很驚奇。

「沒聽說過：眞愛就像鬼，相信的人到處都是，眞正遇到的沒幾個。」

「意思是遇到眞愛就像遇到鬼嗎？」

「如果妳是指徐涵妤、吳萱萱爲何要聽命於方哲珍的話，我也贊同。不過，愛上一個人，就失去理智，認爲對方的一切，包括所說、所做都是對的、都是好的，不是很常見嗎？事實上，愛情這個元素，不可能被當事者以理智的器皿盛裝，否則絕對不會發生化學變化的。」

「問題是，你是怎麼發現的？你做了什麼我不知道的調查嗎？」我心頭的困惑還是沒有全部解開。

「沒有呀，我發現的時候妳也在場的。這一切的線索都是妳和妳的學姊告訴我的，妳忘了嗎？」

「我？」

「羅宇萍和妳在聖心西亞的西餐部與妳聊天時，不是告訴妳，方哲珍是個女王，還說她很有皇后的魅力，公司裡很多人都臣服她的嗎？在網路上聊天時，她還提到一個她曾深愛的人欺騙過她、背叛了她——」

「啊！原來她也曾愛過方哲珍？」我忽然想起在聖心西亞相遇之初，她就牽起我的手、彷彿跟我很熟識的那一幕，難道她認爲我……

「可是你竟然可以聯想到她們的關係？爲什麼？」

「因爲珊瑚！」他右手食指指向天。

＊　＊　＊

「因爲這種海中植物就能悟出？」

「是悟出，不是誤解！妳知道嗎，珊瑚是動物，不是植物，而且牠是雌雄同體！我們經常因對珊瑚的不了解，所以會有誤解。妳不覺得方哲珍和徐涵好表面上的婚姻，讓我們以爲她與我們沒有不同，但實際上她們是同性戀者，又和我們不同，卻因對同性戀者的不了解，有人常將同性戀者視爲異類，不是嗎？但除了對象的性別以外，同性戀者對感情的付出、純摯、態度，其實與世間男女間的感情也沒什麼不同，當然，也會有背叛、變心的情形囉！這麼說來，同性戀者以婚姻的假象，掩護眞實的感情，這種雌雄同體的奇怪現象，這恐怕是只有複雜的人類才會有的社會行爲吧！」

白琳蹙眉，忍不住問：「但是，只因愛一個人就會無條件的奉獻自己、甚至不顧是否犯罪？」

「每個人雖然都是獨立的個體，但在社會上無法孤立存在，需要在由多數人組成的外在團體中發展才能生存，藉由這個團體，可以孕育某些共同的思想、發展認知相同的情感，甚至爲抵禦外侵，可以協同完成某些活動，在這個團體中，每個人都離不開別人、自己也會成爲別人生存發展的條件，因此，索取與奉獻的行爲，就會在這樣的團體中出現。這就是社會心理學上所謂的共生效應。」

「也就是說，當那個名爲『珊瑚』的檔案，一旦被外流，在公司裡以方哲珍爲首的『團體』，勢必被瓦解，很可能許多人的祕密就會被公開，但這個團體又是大家相互掩飾、賴以取暖的，所以，即使與方哲珍沒有感情關係的，也會爲保護她而有所行動？」

「沒錯。」

「等一下，你們現在在討論的，是指……在墾丁外海刺傷柚子的那些人，也是女的，而且也是飛珣公司裡同性戀團體內的成員，受方哲珍指示。」

「沒錯。」文石、白琳異口同道。

「這……眞是難以想像。」

「不過，你叫鈴芝穿在身上的那套黃色禮服，爲什麼能在法庭上打擊徐涵妤的心防？」白琳再問。

「那是羅宇萍設計的『春天的黃昏』：是爲了紀念她與方哲珍的感情而設計。但結果，方哲珍最終也只是把它當做公司的一般商品販賣。」文石這麼說，讓我憶起我提到這件禮服時，羅宇萍突然消失的笑容：「徐涵妤把方哲珍心中伴侶的位置，從羅宇萍之手搶來自己坐，她當然知道這件禮服代表的意義，想不到方哲珍之後卻又把位置讓給吳萱萱，她再看到那件代表被拋棄的禮服，怎麼樣也會動怒的吧！」

「原來如此。」

「而且，那個珊瑚檔案，應該是李俊從方哲珍的電腦裡發現，有意把它拿來作文章或要脅方哲珍，才會引發方哲珍的殺機吧！」文石又挾起一顆栗子，「妳們留意警方的調查結果，趙超會知道有這個檔案的存在，應該也是從李俊口中得知的。而且他不惜以高價向妳及灰帽人徐涵妤買得『珊瑚』，無非也是想藉此要脅方哲珍，以摧毀這個在飛珣公司裡的珊瑚王國——」

「等一下，你說到趙超急於向我和灰帽人——難道我在捷運上跟蹤趙超的事，你也知道？」

文石神祕一笑。

我望向白琳，白琳聳聳肩，給我一個莫名所以的表情：「我沒有告訴他。」

我瞪他，用眼神逼他；他把嘴裡的栗子咬了咬：「妳經過我身邊的時候，還跟我說了聲『借過』，妳忘了？」

「你——！」我伸手指著他，失聲大叫。

「後來妳決定繼續跟蹤趙超，我則下車追蹤灰帽人了。」

「你就是那個紅衣女子！」我快抓狂了，伸手抓住他的衣襟來回拉扯，他的身子被我猛力往前拉，口中的栗子碎粒從口角飛出：「你一定要再給我裝扮成紅衣女子！我不管，我一定要跟紅衣女子合照！你這個變裝癖！」

白琳和小蓉不知發生什麼事，連忙制止我，叫我別激動。

的確，我對自己的上司如此，是眞的很沒大沒小。但是當下，我眞的忍不住這麼做。

店門上的風鈴傳來清脆聲響。

一個身形高壯如熊的大漢推門進來，紫娟溫柔地輕喊：「歡迎光臨。」

那壯漢找了個座位坐下，紫娟端上一杯水和菜單招呼道：「一位嗎？」

「還有一位。」男子向店內四處張望，目光往我們這裡投來。

「要先點餐嗎？」

男子沒有接話，只道：「請妳幫我請那位先生過來。」

紫娟不知所以，只得向我們走來，在桌邊低聲說：「文律師，那位先生不知是不是你的朋友還是當事人，說請你過去一下。」

文石放下手中的筷子，回頭望向他。那男子報以微笑點頭。

「好像不認識……」文石起身走過去。

接下來的狀況讓文石魂飛魄散：那男子在文石「請問」才剛出口，就立即起身欺上來，挽著文石的手臂尖聲道：「石頭哥！感謝你約我出來，好感動喲！人家就知道你一定會——」

「喂喂喂，別動手動腳的——」文石慌亂地想推開他，誰知他死也不放手：「你你你到底是哪位？別拉呀！」

「壞死了！人家是小優啊，你忘了今天有約嗎？」

小優？小優是他？是個大熊？

哇哈哈哈……我忍不住大笑出聲。

「我約你？搞錯了吧！我不是石頭哥！放手！」文石朝我望來，一臉求救的無奈，還極力想掙脫對方的糾纏，狼狽至極。

我還是狂笑不止，太令人意外了。

白琳和小蓉也看傻了。白琳搖搖頭，苦笑道：「鈴芝，妳太頑皮了！」

我不管，我跺腳狂笑，笑得肚子好痛，顧不得形象彎身趴在桌上，眼淚從眼角噴了出來。

解說　蒙面的拓荒者——牧童

閱讀華文的推理小說，總會有種過分的挑剔：希望看見異於歐美、日本推理的要素，期盼寫出台灣特有的風格，卻又得拿那些「推理輸出國」百年所傳承下來的推理小說規範，去檢視、評斷作品的好壞。

這看似衝突的標準也反映出華文推理在強大的國外翻譯作品引進下，生存不易的現象。創作者不是得絞盡腦汁另闢蹊徑，創造屬於華文市場的推理子類型（如武俠推理），就是拿現有題材結合在地特色，將某種子類型換上新的風貌。後者相對是容易的，且許多子類型在台灣尚未開拓，著手墾殖的空間相對寬廣。

一九九四年五月，在《推理》雜誌發表首部短篇〈跛貓〉的牧童，便是台灣「法庭推理」的拓荒者。評論家黃鈞浩甚至稱其爲「台灣法庭推理第一人」。

兩個「第一人」

自〈跛貓〉開始，牧童陸續於《推理》雜誌刊載〈貓熊寶寶〉（一九九四年七月）、〈白鶴仙與雨傘節〉（一九九六年四月）、〈馴鹿的心〉（一九九八年二月）共四短篇，內容均以律師文石、助理沈鈴芝二人搭檔為主角。除了〈貓熊寶寶〉未描寫法庭場景外，其餘三篇均對檢、辯詰問的過程多有著墨，是典型的法庭推理。

此類小說顧名思義，法庭戲份經常是劇情高潮所在，偵探職業不是律師就是檢察官，觀察他們如何在庭上透過與對手的唇槍舌戰，鞏固自己或瓦解對方證詞，將原本的不利情勢逆轉，甚至當庭揭露眞凶，乃是此類作品的閱讀重點。當中的名家有E・S・賈德諾（派瑞・梅森系列）、當代「法庭之王」約翰・葛里遜，日本則有高木彬光（百谷泉一郎探案）、和久峻三（柊茂檢察官、豬狩文助律師探案）等人。

然而相較其他子類型，「法庭推理」在台灣一直缺乏市場，也鮮少有具備法律素養的推理作家進行此類創作。若黃鈞浩先生說法屬實，台灣直到一九九四年才出現第一篇法庭推理作品，在此之前眞可說是一片荒蕪。

可惜牧童於《推理》發表四部短篇後，便於該雜誌銷聲匿跡，之後似乎也未在其他媒體刊載作品，於是「台灣『長篇』法庭推理第一人」的稱號，便拱手讓給了二〇〇六年發表《證據》一書的陶龍生。不過細觀陶龍生先生筆下的一系列作品，背景幾乎都是在美國賭城，真正描寫台灣的法庭推理，一直尚未出現……

當然現在你讀到了，就是這本《珊瑚女王》。可喜可賀，牧童在睽違十數年後，終於發表首部長篇作品（故事中也可看出時代變遷，連智慧型手機都出現了）。若要安上一個「台灣『在地』長篇法庭推理第一人」的名號，還是得給予牧童無疑。

從嚴肅至幽默，由法治見社會

（以下涉及故事重要情節，未讀正文者請斟酌閱讀）

細觀牧童作品的特色，除法庭之外還有兩點：深刻的在地性，與自然的幽默感。這些特點在長篇作《珊瑚女王》中也完整呈現出來。

要寫台灣的法庭，自然得遵循台灣的刑事訴訟法，故「法庭之內」的在地性無庸置疑，作者運用其背景知識，描繪出一幕幕的檢、辯交鋒，偶爾還會來個機會教育，藉雙方之口說出「根據×××法第幾條，對證人詰問不可怎樣」云云，或是讓主述者——助理鈴芝去忖度敵我對證人的詰問心態，充實讀者法律常識。

而「法庭之外」呢？除了角色間偶爾會出現頗具本土特色的對話，一些場景如檳榔攤、飲料店，以及知名的度假勝地墾丁都具有當地色彩，甚至凶手犯案後自公寓的脫逃方式，也與台灣的大樓施工特性有關。這些處處可見的台灣味，說明《珊瑚女王》的故事舞台，是非常在地的。

當然以上所描述的特點，尚不足以說明牧童作品的特殊之處，他最大的特色，是在嚴肅的法庭辯論、案情推演之上，添以畫龍點睛的幽默趣味。這樣的趣味，可說完全是自兩位主角，那鮮活的人物特質所散發出來的。

首先看看偵探角色——文石律師。他長相平庸，姓名讀音被助理們戲稱「文旦」（作品中相關的哏也不少），辦公室內擺的盡是與法律無關的書籍，經常被案卷埋沒，「感覺」很忙碌，喜歡吃花生米，以及調配可疑的飲料，活脫脫是個怪咖。事務所眾律師裡他年資最淺，卻經常被分配到「鹹魚案」（指被告難以翻身的案子），在委託人面前，以及法庭的表現看似不甚可靠，然而具有十足的正義感，一旦抓住關鍵線索便會展現其行動力，鍥而不捨追查眞相，是古典推理「大智若愚」型的神探角色。

而助理兼第一人稱敘述者（也就是福爾摩斯身旁的華生）的沈鈴芝，是個面貌姣好、機智聰慧的美女，案件初期總會對文石的表現感到擔憂與著急，面對其古怪行徑，也會毫不客氣地揶揄或反唇相譏。這種像是日本漫才的「吐槽役」，結合現代職場女性特質的角色，是連結讀者與文石這個「看似怪人，實則神探」的橋樑，也是幽默元素的引子，作者在書中安排的許多詼諧橋段，就是靠這兩人一搭一唱呈現出來的。

更可貴的是，雖然是使用「一人耍寶，另一人正經並吐槽」的模式，牧童作品並沒有某些失敗的喜劇常會出現的，那種刻意搞笑的做作之感。文石和沈鈴芝就像存在於你我身旁，言行讓人忍俊不住的天然諧星（那種喜歡把飲料亂七八糟加在一起喝的人，別說你身邊沒出現過），藉由再自然不過的互動牽引讀者嘴角。

關於本長篇的優點還可以舉出一些。例如以往牧童的短篇都存在著兩項缺點：一是案件的遂行或偵破往往仰賴巧合；二是許多破案線索都是最後呈現，欠缺伏筆作前後呼應，與其說是「法庭推理」不如說是「法庭驚悚（或懸疑）」更合適。這兩點在本書都有顯著改進。

此外，《珊瑚女王》更加入了古典推理的詭計「二人合飾一角，僞造不在場證明」以滿足愛好解謎的讀者胃口，這對已習慣過去牧童風格的人來說，是相當令人驚喜的。

突顯主題的「珊瑚女王」

評價長篇推理，除了劇情、人物、場景、詭計，若能有個貫串全文的主題，那便是在大眾小說的基礎娛樂性之外，增添一項額外的加分項目。而《珊瑚女王》的主題，便藏在書名裡。

眼尖的讀者會發現，前述牧童於推理雜誌所刊載的四部短篇，篇名都和「動物」有關——貓、貓熊、白鶴與蛇、馴鹿，也因此若有人跟我一樣生物沒學好，見到書名便會有些納悶：「爲什麼是珊瑚？」

事實上珊瑚和海葵一樣都是動物，皆屬刺胞動物門，且我們透過律師文石之口，得知牠是「雌雄同體」。文中將大眾對珊瑚的誤解，比喻為對女同性戀的誤解，當羅宇萍說出自己曾遭受深愛的人欺騙時，鈴芝很自然地朝男性方面聯想，便是一種「先入為主」的偏見。

類似的觀念散見於案件各環節：管理員郭一盛看見怒氣沖沖的江長賢，就認定他剛殺了人；當徐涵妤身著黑色套裝，戴黑色呢斜帽與黑色墨鏡，濃妝豔抹坐在時裝發表會的總設計師席位前，大家都認定她是方哲珍；徐涵妤陣前更換律師，被認為是出於對文石、白琳的不信任，實則另有目的；鈴芝跟蹤趙超時被紅衣女子干擾，也不會想到「她」其實是文石假扮……

就像我們看見珊瑚或海葵不會動，就理所當然認為牠是植物一樣。這樣的主題相當適合推理小說——推理本來就是充斥著「先入為主」的文類，作中角色因某線索產生誤會，作者也利用文字誤導讀者。

甚至將這個主題放大到系列作的人物設計，也一樣適用：文石上班時間做別的事，真的是在打混嗎？辦公室裡那些與法律無關的書，是否正是練就他一身非凡功力的「祕笈」（裡頭說不定有本《變裝術大全》）？那些「大智若愚」的行為，是否正是出自記述者鈴芝（與讀者）的「先入為主」？

故事結尾「石頭哥」的網友「小優」現身，其身分令眾人發噱，想必也是作者安排對這項主題的呼應吧！

行筆至此，我突然驚覺自己對牧童的想像——具法律背景，年齡四、五十多歲，儀表堂堂的中年男性——是否也是出於自己的成見，事實上他（或她）是完全不同的人呢？無奈作者似乎打算走「蒙面作家」路線，一切資料均不公開，對其身分的推測只能留在讀者心中了。

當然作者是男是女，是老是少並不重要，我們只要知道一件事——牧童回來了！「法庭＋幽默」這塊華文推理的處女地，希望能在該前輩的開拓之下，日益茁壯。

本文作者簡介：

寵物先生，本名王建閔，台灣推理作家協會會員。以《虛擬街頭漂流記》獲第一屆島田莊司推理小說獎首獎，另著有短篇〈名為殺意的觀察報告〉、〈犯罪紅線〉、〈凍夏殺機〉、〈長腿叔叔Online〉，與短篇集《吾乃雜種》。

要推理04　PG0893

珊瑚女王
——「文石律師」探案系列

作　　者	牧　童
責任編輯	黃姣潔
圖文排版	張慧雯
封面設計	王嵩賀

出版策劃	要有光
製作發行	秀威資訊科技股份有限公司 114 台北市內湖區瑞光路76巷65號1樓 電話：+886-2-2796-3638　傳真：+886-2-2796-1377 服務信箱：service@showwe.com.tw http://www.showwe.com.tw
郵政劃撥	19563868　戶名：秀威資訊科技股份有限公司
展售門市	國家書店【松江門市】 104 台北市中山區松江路209號1樓 電話：+886-2-2518-0207　傳真：+886-2-2518-0778
網路訂購	秀威網路書店：http://www.bodbooks.com.tw 國家網路書店：http://www.govbooks.com.tw
法律顧問	毛國樑　律師
總 經 銷	易可數位行銷股份有限公司 地址：新北市新店區中正路542之3號4樓 電話：+886-2-8219-1500　傳真：+886-2-8219-3383 e-mail：book-info@ecorebooks.com 易可部落格：http://ecorebooks.pixnet.net/blog

出版日期	2013年03月　BOD一版
定　　價	250元

Printed in Taiwan

國家圖書館出版品預行編目

珊瑚女王：「文石律師」探案系列 / 牧童作. -- 一版. --
臺北市：要有光, 2013. 03
面； 公分. -- (要推理；4)(語言文學類；PG0893)
BOD版
ISBN 978-986-88394-7-2 (平裝)

857.81 101024379

讀者回函卡

感謝您購買本書，為提升服務品質，請填妥以下資料，將讀者回函卡直接寄回或傳真本公司，收到您的寶貴意見後，我們會收藏記錄及檢討，謝謝！

如您需要了解本公司最新出版書目、購書優惠或企劃活動，歡迎您上網查詢或下載相關資料：http:// www.showwe.com.tw

您購買的書名：________________________________

出生日期：________年________月________日

學歷：□高中(含)以下　□大專　□研究所(含)以上

職業：□製造業　□金融業　□資訊業　□軍警　□傳播業　□自由業

□服務業　□公務員　□教職　□學生　□家管　□其它______

購書地點：□網路書店　□實體書店　□書展　□郵購　□贈閱　□其他

您從何得知本書的消息？

□網路書店　□實體書店　□網路搜尋　□電子報　□書訊　□雜誌

□傳播媒體　□親友推薦　□網站推薦　□部落格　□其他________

您對本書的評價：（請填代號　1.非常滿意　2.滿意　3.尚可　4.再改進）

封面設計____　版面編排____　內容____　文／譯筆____　價格____

讀完書後您覺得：

□很有收穫　□有收穫　□收穫不多　□沒收穫

對我們的建議：________________________________

____

____

____

請貼
郵票

11466
台北市內湖區瑞光路 76 巷 65 號 1 樓
秀威資訊科技股份有限公司 收
BOD 數位出版事業部

(請沿線對折寄回,謝謝!)

姓　　名:＿＿＿＿＿＿＿＿　年齡:＿＿＿＿　性別:□女　□男

郵遞區號:□□□□□

地　　址:＿＿＿＿＿＿＿＿＿＿＿＿＿＿＿＿＿＿

聯絡電話:(日)＿＿＿＿＿＿＿＿　(夜)＿＿＿＿＿＿＿＿

E-mail:＿＿＿＿＿＿＿＿＿＿＿＿＿＿＿＿＿＿